S

Martin Gülich
Die Umarmung

Roman

Schöffling & Co.

Erste Auflage 2005

Satz: Reinhard Amann, Aichstetten
Druck & Bindung: Pustet, Regensburg
ISBN 3-89561-303-7

www.schoeffling.de

Die Umarmung

Skarabäus

Ich bin kein Idiot. Wer das sagt, lügt. Man sollte sie alle einsperren. Und schlagen wie einen Hund. Dann winseln sie und flehen und wollen eine Gnade. Aber so eine Gnade, die ist ja nicht umsonst, die fällt ja nicht vom Himmel. Da muß man eine Verneigung machen und die Hände falten und sagen, daß das alles eine Lüge ist. Nein, ich bin kein Idiot, auch wenn alles ganz anders kommt. Ich lasse sie reden. Ich höre weg. Ich lasse mir nichts anmerken. Ich merke gar nichts davon. Ich habe eine Haut aus dickem Leder. Da kann man reinstechen, und es tut sich nichts. Ein kleiner Pieks, das ist schon alles. Walter sagt keine solchen Sachen. Manchmal lacht er über mich, aber wo wir doch Freunde sind, will ich ihm das nicht übelnehmen. Walter hat auch eine dicke Haut, eine sehr dicke Haut. Beim Gehen schwabbelt alles ein bißchen. Dann lache ich, und Walter ist mir nicht böse. Walter arbeitet an den Gleisen. Früher hat er rangiert, aber irgendwann hat er nicht mehr zwischen die Waggons gepaßt. Jetzt legt er Schienen. Da muß man was im Kopf für haben, sagt er, ein Fehler, und den ganzen Zug haut's den Bahndamm runter. Und kaum ist er mal eine Woche krank gewesen, ist es auch schon passiert. Tote hat es da gegeben. Einem hat es das Bein weggerissen und einem anderen sogar den Kopf. Aber was, sagt Walter, erzähl ich dir schon von den Toten, man soll den anderen ja nicht ins Handwerk pfuschen. Doktor Sander sagt, man muß die Toten vorsichtig behandeln. Jeder Tote ist zerbrechlich wie ein Mensch. Da kann man nicht einfach wild drauflos schneiden, nur weil man denkt, der ist ja tot, der spürt ja nichts mehr. Doktor Sander hat Achtung vor den Toten. Natürlich muß er manchmal auch grob sein. Wenn er mit der Knochenschere die Rippen aufschneidet und das Brustbein herausnimmt, also das ist schon nichts für schwache Nerven. Da kracht es, und Doktor Sander steht der Schweiß auf der Stirn. Aber wenn der Brustkorb erst einmal offen ist, ist er wieder vorsichtig. Mit feinen Schnitten schneidet er die Organe aus dem Bauch und nimmt sie unter die Lupe. Wenn er dann so dasitzt mit seiner Pinzette und seinen kleinen Messerchen, da denke ich an meine Falter und Käfer und wie ich so dasitze und sie unter die Lupe nehme. Dann sind wir uns ähnlich, und Doktor Sander ist nicht der Doktor und ich nicht sein Gehilfe. Im stillen gebe ich den Organen, die Doktor Sander vor sich ausbreitet, Namen. Namen von Faltern und Käfern, so wie sie mir gerade in den Sinn kommen. Dann ist eine Leber ein Birkenspinner und das Herz ein Skarabäus. Sie stecken auf meinem Brett, und ich beuge mich mit der Augenlupe über sie und richte ihnen die Fühler und die Füßchen. Und wenn ich fertig bin, dann ist auch Doktor Sander fertig. Er nickt oder schüttelt den Kopf oder sagt, daß der Tote so oder so nicht mehr lange zu leben gehabt hätte. Dann ist es, als wäre ihm das ein Trost. Er nickt mir zu, und ich nicke zurück, auch wenn mir das mit den Toten einerlei ist. An manchen Tagen aber nickt er nicht. Dann liegt ein Kind auf dem Tisch und Doktor Sander sagt, sechs Jahre, Dolf, stellen Sie sich das einmal vor. Und dann stelle ich mir das vor und bin schon auch ein bißchen traurig. Mit sechs Jahren, da hat man ja noch gar nicht richtig gelebt, da kann man ja noch nicht einmal schreiben. Und dann kommen die Eltern, und das Tuch wird weggezogen, und ich drehe mich um, weil mir das, was dann kommt, auch nicht einerlei ist. Die Eltern stürzen sich auf ihr totes Kind und wollen es wieder zum

Leben erwecken, aber das geht ja nicht, wo es doch überall schon Totenflecken hat. Doktor Sander murmelt leise Worte und zieht die Eltern vom Tisch. Schließlich muß er das Kind noch untersuchen, und wie soll das gehen, wenn die Eltern mit ihren Tränen alle Spuren verwischen. Am liebsten, sagt Doktor Sander, würde er zuerst untersuchen und dann die Eltern holen. Aber wenn die den Reißverschluß den ganzen Bauch hinauf sehen, also da werden sie ja erst recht verrückt. Und so werden doch ein paar Spuren verwischt, aber so muß es eben sein, weil es anders nicht sein kann, weil die Eltern schon verrückt genug sind, und mehr ließe sich ja gar nicht ertragen.

Mittags esse ich mit Walter in der Eisenbahnkantine. Walter besorgt für mich die Marken. Dafür muß ich ihm die neuesten Geschichten erzählen. Walter kaut und schiebt sich in einem fort das Essen in den Mund und fragt, ob es mir eigentlich nicht schlecht wird dabei. So eine Leiche, sagt er, das ist doch eklig. So eklig, daß es ihn wundert, daß mir am Mittag überhaupt noch zum Essen zumute ist. So ein Steak, sagt er und tippt mit dem Messer auf sein Fleisch, also da denkt man doch nicht mehr an ein Schwein. Aber da ist Walter auf dem

Holzweg. Die Gerichtsmedizin ist schließlich keine Metzgerei, da hängen keine Menschenhälften an Fleischerhaken von der Decke, und das, was Doktor Sander so aus den Bäuchen herausholt, sieht ganz bestimmt nicht aus wie ein Steak. Aber Fleisch ist Fleisch, sagt Walter, da gibt's keinen Unterschied, mußt so ein Stück nur mal in die Pfanne hauen, dann siehst du, daß ich recht habe. Walter kennt sich aus mit Fleisch. Vor allem mit Frischfleisch, sagt er und lacht, und ich lache mit, auch wenn mir gar nicht danach ist. Walter hat Glück bei den Frauen. Sie stören sich nicht an seiner dicken Haut und auch nicht daran, daß er an den Gleisen arbeitet. Mit den Frauen, sagt Walter, ist es ganz einfach, eigentlich wollen sie das gleiche wie du. Manchmal, in der Bahnhofskantine, erzählt er davon, was er mit ihnen anstellt. Wie seine Hände ihnen die Kleider vom Körper streichen, wie er sie anschaut, wie sie nackt vor ihm liegen, wie er sie am ganzen Körper küßt und wie sie dann zur Sache kommen. Irgendwann höre ich weg, weil ich mir das alles gar nicht vorstellen kann. Walter sagt, daß das Spiel immer dasselbe ist und daß das so lange so bleiben wird, wie der Mann einen Schwanz hat und die Frau eine Fut. Und du, fragt er irgendwann, wie steht's bei dir, und ich zucke mit den Schultern und schaue weg. Was will er hören? Was die Frauen angeht, habe ich nichts zu erzählen. Dabei streiche auch ich ihnen die Kleider vom Körper, bis sie nackt vor mir liegen. Dann trete ich ein paar Schritte zurück und betrachte sie: junge Frauen, alte Frauen, dicke, dünne, schöne, häßliche, behaarte, rasierte. Tote Frauen. Steif wie ein Stück Vieh, das auf der Wiese der Blitz getroffen hat. Für alles weitere ist es zu spät. Kein Küssen, kein Streicheln ihrer Brüste, kein zur Sache kommen. Da mußt du eben früher aufstehen, sagt Walter, aber daran liegt es nicht. Ich stinke. Ich stinke, wie die Leichen stinken, die vor mir auf dem Tisch liegen. Der Geruch strömt aus ihren Körpern und verfängt sich in meinen Kleidern, in meinen Haaren, in meiner Haut. Und mit einem, der stinkt, wollen die Frauen nicht zur Sache kommen. So ist das eben. Wer jeden Tag mit Leichen zu tun hat, dem wird die Haut der Toten irgendwann zur eigenen Haut. Da kann ich mich am Abend unter der Dusche im Hallenbad noch so einseifen und schrubben. Das bleibt kleben. Da kann man nichts machen. Da muß man mit leben. Auch die Mitsch, meine Vermieterin, sagt, daß ich stinke. Trotzdem läßt sie mir nicht den Schlüssel für das Badezimmer. Sie sagt, das Bad ist für mich tabu. Das Klo auf dem Halbstock, ja, schließlich muß ich einen Platz für meine Notdurft haben, aber das Bad bleibt zu. Ein einziges Mal habe ich mir Zutritt verschafft. Walter hat mir einen Dietrich gemacht. Ich habe ein Schaumbad genommen und all ihre Wässerchen probiert. Als die Mitsch dahintergekommen ist, hat sie mir mit der Polizei gedroht und damit, daß sie mich vor die Tür setzt. Dann soll ich mal sehen, wer so einem wie mir Obdach gibt. Seitdem gehe ich zum Waschen wieder ins Hallenbad. Manchmal springe ich nach dem Duschen noch kurz ins Becken, mit einem Kopfsprung oder einer Bombe vom Dreimeterbrett. Dann pfeift der Bademeister und ermahnt mich, und ich lächle ins Wasser, weil er mich einen Rüpel schimpft, so wie alle anderen auch, die sich nicht an die Regeln halten, einen Rüpel und nicht einen stinkenden Idioten. Manchmal schwimme ich den jungen Frauen hinterher, aber sobald ich auf Riechnähe an sie herankomme, wenden sie sich von mir ab und schwimmen hastig zum Beckenrand. Dann sehe ich sie keine fünf Meter entfernt in ihrem nassen Bikini davonlaufen und stelle mir vor, wie es wäre, sie auszuziehen, ohne daß sie tot sind und blaß und der Körper starr wie eine Schaufensterpuppe. Wie wir dann zur Sache kommen und ich sie danach wasche, mit Schwamm und mit Seife, ohne daß ihr ein

Reißverschluß vom Hals bis über den Bauchnabel geht. Wenn ich dann die Nacht über bei ihr liege, dann rieche ich nach ihrer Haut, nach ihrem Parfüm, nach ihren Haaren, und die Frauen im Schwimmbecken müssen nicht mehr mit hastigen Zügen vor mir Reißaus nehmen. Walter behauptet, die Frauen haben schlechte Nasen, schlechter noch als die von Hühnern. Aber da hat er keine Ahnung, auch wenn er vielleicht sonst alles über die Frauen weiß. Schließlich habe ich Augen im Kopf und sehe, wie sie die Nasen kraus ziehen, wenn ich ihnen zu nahe komme. Aber mit ihren Nasen hat sich Walter nie beschäftigt. Wozu auch, er stinkt ja vom Gleiselegen nur nach Schweiß, und den kriegt man im Handumdrehen unter der Dusche weggespült. Und dann steht er da, in einer Wolke aus Deodorant und Duftwässerchen, und lächelt die Frauen an, und schon kommen sie zur Sache. Walter sagt, man muß nur nett zu den Frauen sein. Und daß man ein bißchen Geld springen lassen muß. Solange du die Frauen freihältst, sagt er, mußt du dir um den Rest keine Sorgen machen. Walter verdient viel Geld an den Gleisen. In einem Monat mehr als ich in zwei. Einmal habe ich ihn gefragt, ob er im Bahnhof ein gutes Wort für mich einlegt, aber da hat er gesagt, daß man an den Gleisen schon ein bißchen Mumm in den Knochen braucht. Nur ein Tag, und du liegst mit Kreuzweh im Bett. Ne, ne, das ist nichts für dich, geh du mal deine Leichen waschen und laß mich weiter meine Schienen legen. Und dann hat er mich unter den Achseln gepackt und hochgehoben wie einen Luftballon. Gelacht hat er und mich mit den Beinen strampeln lassen, und als er mich wieder abgesetzt hat, hat er *Jetzt du* gesagt und hat noch lauter gelacht als zuvor. Wahrscheinlich hat Walter recht, die Gleise sind nichts für mich. Aber auch wenn ich bei Doktor Sander nur die Hälfte wie Walter verdiene, habe ich doch angefangen zu sparen. Schließlich weiß man nie, ob es nicht doch irgendwo eine Frau gibt, die eine Nase hat schlechter als die von einem Huhn.

Das größte Rätsel bleibt mir Doktor Sander. Schließlich hat auch er den ganzen Tag mit Leichen zu tun. Er schneidet sie auf, beugt sich über sie, reißt ein Loch in ihre Leiber. Trotzdem hat er eine Frau. Ihr Bild steht auf dem Schreibtisch in seinem Büro. Manchmal, wenn er früher geht, schleiche ich hinüber und schaue sie an. Sie ist blond und schön und lächelt, als ob alles Glück der Welt auf ihrer Seite wäre. Und das, obwohl sie einen Mann hat, der nach Leichen stinkt. Wenn Doktor Sander mit ihr telefoniert, höre ich, wie er ihr zum Abschied Küsse durch die Leitung schickt. Dann hält er für ein paar Sekunden still, bis er den Hörer zurück auf die Gabel legt, vorsichtig, als wäre er aus Porzellan. Doktor Sander hat auch Kinder. Einen Jungen und ein Mädchen. Manchmal erzählt er von ihnen, aber nur, wenn alle Leichen zugedeckt sind. Geradeso, als könnten die Toten seinen Kindern schlechte Träume machen. Auf seinem Schreibtisch stehen sie neben seiner Frau. Die Kinder, sagt Doktor Sander, sind das einzig Ordentliche, was ihm in seinem Leben gelungen ist. Glauben Sie mir, Dolf, ohne meine Kinder wäre ich ein armer Mensch. Und dann erzählt er, daß einmal ein Mann in seinem Garten war und seinen Kindern eine Angst gemacht hat, einfach so, sagt er, ohne Grund, und daß er da aus dem Haus gerannt und dem Mann an den Hals gesprungen ist und ihn geschüttelt hat, bis er im Gesicht schon ganz rot war. Nein, sagt er, wenn es um meine Kinder geht, da kann ich richtig ungemütlich werden. Von seiner Frau spricht Doktor Sander nie. Und das, obwohl sie so schön ist. Da ist er anders als Walter, der mir von jeder seiner Eroberungen erzählt. Aber Walter ist ein Angeber, und Doktor Sander ist ein feiner Mann, und wenn ich sein möchte wie irgendeiner, dann möchte ich sein wie Doktor Sander.

Die Mitsch sagt, mein Zimmer ist eine einzige Sauerei. Und daß sie sich schämen muß, so ein Zimmer in ihrer Wohnung zu haben. Keine Ordnung und alles voll mit diesem Krabbelvieh. An den Wänden nichts wie nackte Weibsbilder und alte Käferkalender. Eine Schande für das ganze Haus. Sogar über meine Heftchen weiß sie Bescheid. Sobald ich morgens zur Arbeit gehe, schließt sie auf und stöbert in meinen Sachen. So eine ist die Mitsch, und wenn ich mich beschwere, sagt sie, ich soll mir doch ein anderes Zimmer suchen, wenn es mir nicht paßt. So einen wie mich findet sie an jeder Häuserecke, sagt sie, und daß ich mir mal bloß nichts einbilden soll. Aber meine Bilder hänge ich deswegen noch lange nicht ab, die kann sie mir nicht verbieten. Mein Liebling ist Kristina mit den kleinen Brüsten und den langen dunklen Haaren. Sie hängt direkt am Fußende von meinem Bett am Kleiderschrank. Sie ist das letzte, was ich sehe, wenn ich abends das Licht ausmache, und das erste, wenn ich morgens wieder aufwache. Sie schaut mir direkt in die Augen. Ich zwinkere ihr zu, aber Kristina zwinkert nicht zurück. Ich weiß nicht, wo sie wohnt, sie haben es mir nicht verraten. Dreimal habe ich die Telefonnummer im Heftchen gewählt. Erst waren sie noch freundlich, aber dann haben sie gesagt, daß sie die Polizei holen, wenn ich noch einmal anrufe. Walter sagt, Postermädchen sind was für impotente Feiglinge. Was bringt's schon, sagt er, wenn dir so eine den Mund wäßrig macht, und dann ist da nur Papier. Aber was weiß er schon. Immerhin verzieht Kristina nicht das Gesicht, wenn ich in ihre Nähe komme. Ihr macht es nichts, daß ich stinke. Wie denn auch, wo sie doch aus Papier ist. Aber in meinem Kopf, da ist sie aus Fleisch und Blut, und da machen wir alles, was auch Walter macht. Zumindest das, was ich mir vorstellen kann. Walter kennt auch eine Kristina. Sie ist blond und schreibt die Arbeitspläne für die Gleise. Walter sagt, daß sie lange Fingernägel hat und daß sie laut quiekt, wenn sie zur Sache kommen. Aber schön, sagt er, ist sie nicht.

Admiral

Natürlich ist das kein schöner Moment. Aber was soll ich machen, man kann die Tiere ja nicht qualvoll verhungern lassen. Und wo findet man schon einen toten Falter oder Käfer, mit dem sich noch etwas anfangen läßt. Es hilft nichts, man muß sie töten. Wenigstens ist alles schnell vorbei. Ein paar Minuten im Glas, und der Tod ist gekommen. Es gibt keinen Kampf. Alles ist ganz friedlich. Trotzdem schaue ich solange aus dem Fenster, runter zur Bushaltestelle, zur Uhr neben dem Unterstand. Fünf Minuten und dann noch eine halbe zur Sicherheit. Dann drehe ich mich um, öffne das Glas und hole sie mit meiner Pinzette heraus. Man muß vorsichtig sein, noch vorsichtiger, wie wenn sie lebendig sind. Eine falsche Bewegung und du hast einem Admiral den Flügel abgerissen. Und so einen Admiral, den fängt man nicht an jeder Straßenecke, da muß man schon wissen, wo man sucht, und auch dann sieht man nicht mehr als einen in der Woche. Nein, einen Admiral darf man nicht vergeuden, da muß man vorsichtig sein. Besonders beim Spannen der Flügel und beim Richten der Beinchen. Das kann nicht jeder. Da muß man ein Händchen haben. Da darf man kein Idiot sein. Das Gift habe ich in einer kleinen Spritzflasche. Fünf Tropfen genügen, so steht es in der Anleitung. Trotzdem nehme ich zehn, zur Sicherheit, nicht, daß das noch einmal passiert. Ein Nachtfalter, dem auf der Insektennadel noch einmal das Leben in die Glieder fährt. Der brummt wie ein Schwarm Hornissen. Der wegfliegen will und nicht von der Stelle kommt, weil ihm doch die Nadel im Rücken steckt. Zehn Tropfen, damit das nicht noch einmal passiert. Ein Falter, der auf der Nadel zu fliegen anfängt, also das ist, als ob es sich ein Toter noch einmal anders überlegt und auf dem Untersuchungstisch anfängt, mit den Armen zu zappeln. Da möchte ich mal sehen, was Doktor Sander macht. Da kann man mir keinen Vorwurf machen, auch wenn das mit der Bierflasche vielleicht keine gute Idee war. Aber so etwas ist doch ein Schreck, ein Riesenschreck, da fällt einem nicht immer das Beste ein. Zugeschlagen habe ich, daß die Flasche in tausend Stücke zersprungen ist. Das Bier ist herumgespritzt und überall sind die Scherben gelegen. Aber der Falter hat weitergebrummt. Nur daß ihm jetzt ein Flügel gefehlt hat, und mit einem Flügel, da kann man ja erst recht nicht fliegen. Das müßte sogar ein Falter wissen. Trotzdem hat er weitergebrummt, noch lauter als zuvor. Da habe ich ein zweites Mal zugeschlagen, mit meinem Regenschirm, so lange, bis der Falter Ruhe gegeben hat. Und als er endlich still war, da stand die Mitsch in der Tür. Eine Sauerei ist das, hat sie gebrüllt, und eine Ruhestörung, so einer wie Sie, der gehört doch in die Anstalt. Dann hat sie die Tür geknallt, und ich hab sie telefonieren gehört, aber gekommen, mich zu holen, ist keiner. Über ein Jahr bin ich nicht mehr Fangen gegangen. Mein Netz habe ich hinter den Schrank gestellt. Aber was einem in Fleisch und Blut ist, das läßt einen so schnell nicht los. Jetzt geht es wieder. Zehn Tropfen, bei großen Käfern zwanzig. Fünf Minuten. Zur Sicherheit, damit das nicht noch einmal passiert. Ab und zu finde ich noch kleine Glassplitter von der zerschlagenen Flasche, unterm Schrank, in den Fransen vom Teppich, sogar hinterm Bett. Einmal ist die Mitsch eine Woche lang gehumpelt. Wahrscheinlich ist sie in eine Scherbe getreten. Geschieht ihr recht, was spioniert sie mir nach.

Doktor Sander versteht etwas von Faltern und Käfern, auch wenn er sie nicht fängt und präpariert. Doktor Sander hat die höhere Schule besucht und dann die Universität, da kommen eben irgendwann auch mal die Käfer dran. Machen Sie nur, Dolf, sagt er, jeder Mensch braucht eine Passion. Seine, so sagt er, sind die Kinder. Seine Kinder und seine Frau. Für anderes ist da kein Platz mehr. Auf jeden Topf, sagt Doktor Sander, gibt es einen Deckel, Sie sind Ihrem nur noch nicht begegnet. Und dann sagt er, daß ich mir mit alldem ruhig Zeit lassen soll und daß wer zu schnell aufs Ganze geht, das Ganze sowieso nicht bekommt. Doktor Sander klopft mir auf die Schulter, und wir machen erst einmal Pause und rauchen zusammen eine Zigarre aus seiner Kiste, ganz gleich, wen wir gerade auf dem Tisch liegen haben.

Walter sagt beim Mittagessen, daß er eine Überraschung für mich hat. Morgen abend. Ich soll mich waschen und mir die Fingernägel putzen. Du kriegst was zu sehen, sagt er, daß du Glotzaugen machst. Mehr verrät er nicht. Sonst, sagt er, ist's ja keine Überraschung mehr, halb acht, ich hol dich ab. Er steht auf, nimmt sein Tablett und bringt es zum Förderband. Von der Tür grinst er mir noch einmal zu. Dann ist er verschwunden. Ich weiß nicht, ob ich mich freuen soll. Vielleicht heckt Walter wieder etwas aus. Wie damals, wie er mich zu Karaoke mitgenommen hat. Wo ich doch gar nicht singen kann und Englisch auch nicht. Aber Walter kann auch kein Englisch, da muß er nicht großtun.

Am Nachmittag haben wir einen Mann ohne Namen. Drei Messerstiche im Bauch. Die Leber zerschlitzt. Da kann man nicht weiterleben. Da ist es vorbei. Trotzdem, sagt Doktor Sander, hat es gedauert, bis er verblutet ist. Aber vielleicht ist so ein Tod durch Verbluten noch nicht einmal das Schlechteste. Ein bißchen wie Einschlafen, nur daß man irgendwann weiß, daß man nicht wieder aufwacht. Ich stelle mir manchmal vor, was man denkt, wenn man merkt, daß es gleich aus ist. Dann kommt die Angst. Wer weiß denn schon, was danach passiert. Vielleicht gibt es ja doch einen Gott und einen Herr Jesus, und die lesen dir dann vor, was du alles gesündigt hast, und dann gibt es Strafe oder Hölle, und dagegen ist das Leben ein Spaß gewesen. Vielleicht geht aber auch einfach nur der Rolladen runter, und alles ist dunkel. Und man schläft und schläft, und es ist ganz still. So wäre es schön. Es muß ja gar nicht das Paradies sein, wenn es nur still ist und man schlafen kann. Vielleicht noch ein schöner Traum: von Kristina, am Strand, in einem Bikini oder ohne, im Wasserbett, im Hotel. So müßte Sterben sein. Die Lunge, sagt Doktor Sander, hat auch etwas abbekommen, da, sehen Sie! Er deutet mit einem Messerchen auf einen winzigen Schnitt ganz am Rand. Ein Streifstich sozusagen, aber wenn es nur das gewesen wäre, hätte er schon nicht verbluten müssen. So aber schwimmt der ganze Bauch in seinem Blut. Gefunden, sagt der Herr Staatsanwalt, hat man den Mann im Park, unter einer Tanne, die Taschen leer, kein Geld, kein Ausweis, nichts. Mit dem fehlenden Namen hat der Herr Staatsanwalt Geduld. Da taucht schon eine auf, die ihn vermißt, früher oder später. Der Herr Staatsanwalt lacht. Eher früher, sagt er, so wie der gebaut ist. Doktor Sander nickt und gibt mir die Milz zum Wiegen. 185 Gramm, sage ich und schreibe es auf.

Walter ist pünktlich. Er klingelt dreimal, so ist es mit der Mitsch abgemacht. Dreimal, und sie bleibt auf ihrem Sofa sitzen, aber den Hals lang macht sie schon, damit sie auch ja sieht, wer da kommt. Aha, der Herr Walter, ruft sie dann vom Sofa. Obwohl die Mitsch schon fast sechzig ist, hat Walter auch bei ihr Glück. Der hat Manieren, sagt sie, anders als Sie. Walter hat eine Anzugsjacke an und ein hellblaues Hemd, dazu gebügelte Hosen und Lackschuhe, die richtig blitzen. Wie ein feiner Herr sieht er aus, nur die Plastiktüte in seiner Hand paßt nicht dazu. Walter duftet wie die Parfümabteilung bei Karstadt. Kampfstoff, sagt er, und daß sich die Frauen von ganz allein ausziehen, wenn sie so was riechen. Ich schiebe ihn in mein Zimmer, damit die Mitsch nicht wieder neugierig wird und das Fragen anfängt. Und du, sagt Walter, was ist mit dir. Er deutet auf meine braunen Cordhosen. Die kannst du vergessen, sagt er, schau mich an, dann weißt du, wie man aussehen muß. Aber ich weiß ja gar nicht, erwidere ich, wo wir hingehen. Egal, sagt Walter, wenn man ausgeht, muß man sich was Gutes anziehen. Was ist, wenn du einer Frau begegnest, die mit dir mitgehen will, und die schaut dir auf die Hose und aus ist. Ne, ne, sagt Walter, so kommst du mir nicht mit, so geht das nicht. Dann greift er in seine Plastiktüte und zieht eine dunkle Hose und ein weißes Hemd hervor. Ausgeliehen, sagt Walter, mach's ja nicht schmutzig, sonst kost's Reinigung. *Aber*, sage ich, und Walter sagt *Nix aber*, und drückt mir die Sachen in die Arme. Mach hin, daß wir wegkommen, und ich mache hin, weil Walter doch mein Freund ist und weil ich ohne ihn ja nirgends hinkomme. Die Hosen sind zu lang, viel zu lang. Sie stehen auf und werfen Falten wie eine Ziehharmonika. Walter faßt mit beiden Händen nach dem Bund und zieht die Hose mit einem Ruck nach oben, daß es mir mein Gehäng abschnürt. Hab dich nicht, sagt Walter, als ich schreie, paßt schon alles. Er schnürt den Gürtel eng zusammen, damit auch nichts wieder runterrutscht. Mit dem Hemd geht alles gut. Es ist schön, und nur an der linken Manschette ist ein kleiner, roter Fleck. Gar nicht viel, und wenn ich mir meine Jacke drüberziehe, sieht man schon nichts mehr. Dreh dich, sagt Walter, und ich drehe mich, und Walter klatscht in die Hände. Dann holt er ein Duftfläschchen aus der Jackentasche und sprüht mir den Hals ein. Und jetzt Abflug, sagt Walter und schiebt mich aus dem Zimmer. Wohin gehen wir, frage ich, als ich neben ihm in seinem Wagen sitze, aber Walter schüttelt nur den Kopf. Wirst schon sehen, sagt er und startet den Motor und schießt aus der Parklücke wie ein Rennfahrer. Die Reifen quietschen, wie Walter das gerne macht, weil es den Mädchen so gefällt. Hab ich dich jemals enttäuscht, fragt er und schaut zu mir herüber, und ich schüttle den Kopf, obwohl ich mir da gar nicht so sicher bin. Walter hält vor einem Wohnhaus, das so grau ist wie meins. Ich schaue mich um. Kein Lokal, kein

Kino, keine Frittenbude. Nichts. Wo sind wir, frage ich, und Walter sagt: Puff. Dann lacht er. Vielleicht, weil er sieht, wie mir der Schreck in die Glieder gefahren ist. Mensch, Dolf, du kannst doch nicht ewig vor deinen Postern rumwichsen. Ich weiß nicht, sage ich, und Walter sagt, klar weißt du nicht, deshalb sind wir ja hier, und ein paar Sekunden später stehen wir auch schon im Treppenhaus, und Walter hat auf die Klingel gedrückt und versperrt mir mit seinem Bauch den Weg nach unten. Keine Angst, sagt er, die Zeche geht auf mich, mach dir da mal keine Sorgen. Von drinnen höre ich Schritte. Aber keine Extras, flüstert er, nur Normalprogramm, verstehst du, die Extras zahlst du, und ich nicke und verstehe und denke an meine Wäscherei hinter dem Rathaus, weil ich da auch immer Normalprogramm nehme und weil da die Extras auch extra kosten. Und dann sind die Schritte an der Tür, und sie geht auf, und ich sehe ein Gesicht mit einer Nase, die schon gleich zusammenzuckt, wie sie mich riecht. Ach du, sagt der Mund darunter, und Walter sagt, ja ich, und dann geht er hinein, und als ich zögere, wirft er mir einen bösen Blick zu. Nun komm schon, sagt die Frau, nicht so schüchtern. Dann schaut sie an mir herunter. Erst auf mein Hemd und dann auf meine Hosenbeine, die schon wieder Ziehharmonika machen. Schöne Hose, sagt sie und lächelt mich an, und ich weiß nicht, ob sie das ernst meint oder ob sie schon an der Tür ihre Witze mit mir treibt. Wahrscheinlich hat ihr Walter alles von mir erzählt. Daß ich Leichen wasche, daß ich Käfer sammle, daß ich bei der Mitsch nicht ins Bad darf. Und von Kristina. Mit so einem, denkt sie, kann man seine Späße treiben. Der wehrt sich nicht. Der hält seinen Mund. Der ist ein Idiot. Aber ich bin kein Idiot. Ich schreibe alles auf. Das kann man nachlesen. Da muß man keine dummen Witze machen. Erst kommt ein Flur und dann ein schummriges Zimmer, mit Bar und drei schönen, blauen Sofas davor. Die Frau lächelt und deutet auf das in der Mitte, das vom vielen Sitzen schon ganz ausgebeult ist. Entspann dich, fühl dich wie zu Hause, sagt sie, und ich weiß nicht, ob das nicht auch schon wieder so ein Witz ist. Er ist ein Frischling, flüstert Walter ihr zu, so laut, daß ich es hören soll. Die Frau schaut erst mich und dann Walter an. Schließlich zuckt sie mit den Schultern. Nicht die Schlechtesten, sagt sie. Dann drückt sie auf einen Schalter an der Wand, aber anstatt daß ein Licht angeht, öffnet sich eine Tür. Eine Tür, die eigentlich ein Spiegel ist, und herausgeflogen kommen drei neue Frauen. Sie nehmen mich an den Händen und ziehen mich aufs Sofa. Na, sagt die eine, so schüchtern? Und die zweite: Entspann dich. Und die dritte: Fühl dich ganz wie zu Hause. Wie heißt du denn, fragt die erste. Ich schaue sie an. Ich schaue ihre Nase an und sehe erste Fältchen, ganz oben, dort, wo sie anfängt. So wie bei einem Hund, wenn er Witterung aufnimmt. Nur soviel, sagt Walter, Dolf braucht mal ein bißchen Abwechslung. Die Frauen, mit denen er es sonst zu tun hat, sind ein bißchen blutleer, ohne Feuer, bei denen hilft auch keine Frischzellenkur mehr. Dann lacht er, und die anderen lachen mit. Also Altersheim, sagt eine der beiden, die sich neben mich aufs Sofa gezwängt haben, so nahe, daß ich mich frage, warum sie nicht schon lange Reißaus genommen haben. Die andere, eine Dunkle mit haarigen Armen, hat sogar die Hand in meinen Nacken gelegt und krault mich dort, wo der Kragen aufhört. Es kitzelt, aber ich lasse mir nichts anmerken. Schlimmer, viel schlimmer, gegen die ist ein Altersheim der reinste Fitneßclub, sagt Walter. Also Krankenhaus, sagt die Haarige. Walter schüttelt den Kopf. Knapp daneben, sagt er, obwohl krank ja gar nicht schlecht ist, was Dolf, nur eben sehr, sehr krank. Jetzt komm schon, sagt die Haarige und kneift mich in den

Nacken, spann uns doch nicht so auf die Folter, was machst du? Ich schüttle den Kopf. Ich will nicht, sage ich. Aber uns willst du schon, fragt eine Stimme von hinten, oder verplempern wir hier unsere Zeit? Nein, sage ich, ja, ich weiß nicht. Er ist nervös, sagt die Frau von der Tür, dabei sind doch alle so nett zu ihm. Jetzt erzähl schon, sagt Walter, schließlich zahl ich für dich. Und dann erzähle ich eben: vom Ausziehen, vom Aufschneiden, vom Rausholen, vom Wiegen, vom Messen, vom Reintun, vom Zunähen und vom Waschen. Alles, was eben so dazugehört. Nur von den Eltern, die sich an ihr totes Kind klammern und es wieder zum Leben erwecken wollen und mit ihren Tränen alle Spuren verwischen, nur davon erzähle ich nicht. Das ist ja ekelhaft, sagt die Haarige, und ihre Hand verschwindet aus meinem Nacken. Sie rückt ein bißchen von mir weg. Dann steht sie auf, geht zur Bar und gießt sich eine Cola ein. Na, da hast du uns ja einen mitgebracht, sagt die Frau von der Tür zu Walter. Und dann sagt sie Sachen wie Leichenputzer und Totenschnibbler, und die anderen finden das auf einmal gar nicht mehr eklig und lachen, bis ihnen die Tränen laufen. Aber nein, sage ich, das ist nicht lustig. Das ist ernst, da muß man Achtung haben. Und Vorsicht. Wie Doktor Sander. So, so, sagt die, die neben mir auf dem Sofa sitzengeblieben ist, einen Doktor gibt es da auch. Und wieviel hat der Doktor schon wieder gesund gemacht? Und wieder lachen sie, und Walter lacht am lautesten, und ich weiß nicht, ob er überhaupt noch mein Freund ist. Später im Auto sagt er, ich hätte mich zum Narren gemacht, nur deshalb hätte keine mit mir aufs Zimmer gehen wollen. Aber du hast es doch so gewollt, sage ich, und da wird Walter wütend und bremst und lenkt sein Auto an den Straßenrand. Du bist eine einzige Blamage, sagt er, so kriegst du nie eine ab. Schau dir doch nur deine Hosen an. Da muß ich dir Hosen ausleihen, weil du keine eigenen hast. Ich habe Hosen, protestiere ich, zwei Paar, aber da greift Walter über mich hinweg und öffnet die Beifahrertür. Ich hab noch was vor, sagt er, allein, du kennst ja den Weg, und weil ich den Weg kenne, nicke ich und steige aus. Zu Hause ist schon alles dunkel, und die Mitsch schnarcht durch die Türen wie ein Greis. Ich gehe zu Kristina, und wir machen, was andere auch machen, da muß man sich nicht schämen, gar nicht schämen.

Am nächsten Morgen fragt mich Doktor Sander, ob ich einen schönen Feierabend gehabt habe, und ich nicke, weil ich sonst ja alles erzählen muß. Aber Doktor Sander hat ein Gespür für die Menschen, ganz egal, ob sie tot oder lebendig sind. Er sieht mich an, ein bißchen streng, und dann sagt er, daß ich immer zu ihm kommen kann, wenn mich etwas bedrückt. Sie bedrückt doch etwas? Nein, sage ich und schüttle den Kopf, nur schlecht geschlafen, und das ist noch nicht einmal eine Lüge. Der Tote von gestern hat noch immer keinen Namen, und eine neue Leiche gibt es nicht. Machen Sie frei, Dolf, sagt Doktor Sander, das bißchen bekomme ich schon allein hin. Gehen Sie spazieren oder ins Kino, oder trinken Sie einen Kaffee mit einer schönen Frau. Er zwinkert mir zu, und ich weiß, daß Doktor Sander nie dumme Witze über mich reißen wird, ein Leben lang. Daheim nehme ich mein Netz und gehe endlich einmal wieder fangen. Schon auf der ersten Wiese hinter den Häusern ist die Luft voll von Insekten. So voll, daß man sich eigentlich nur auf den Rücken ins Gras legen und das Netz über sich in die Luft halten muß. Aber wenn man so daliegt, da hat man ja auch gleich so seine Gedanken. Und dann lacht die ganze Wiese um einen herum, und man will sich nur noch die Ohren zuhalten, aber davon wird das Lachen auch nicht leiser. Ich fange einen Trauermantel. Und zwei Zitronenfalter. Aber die lasse ich gleich wieder frei.

Gottesanbeterin

Ich bin allein. Doktor Sander hat Eiter im Zahn. Seine Backe ist wie die von einem Trompeter. Zwei Stunden, vielleicht kommt er auch gar nicht mehr. Doktor Sander hat gesagt, ich soll ein bißchen aufräumen, dabei ist alles schon an seinem Platz. Die Instrumente, die Berichte, die Waage, Doktor Sanders Aufnahmegerät. Der Tote ohne Namen liegt im Kühlfach. Geputzt ist auch. Essen könnte man von den Untersuchungstischen, da wird man nicht krank, so sauber ist das. Und der Stahl, der stinkt ja nicht, da bleibt ja nichts dran kleben, so ein Stahl, der ist ja keine Haut. Ich streune herum, auch wenn ich weiß, daß Doktor Sander das nicht mag. Einmal hat er mich in seinem Zimmer erwischt. Da hat er mich angeschrien. Ganz rot ist er geworden, dabei habe ich gar nichts angefaßt. Zuletzt kommt noch die Polizei und pinselt alles mit schwarzem Staub ein, und dann machen sie Fingerabdrücke und vergleichen alles, und der

Herr Kommissar deutet auf mich und sagt: Der hier, der hat das Bild von Ihrer Frau angefaßt. Nein, da bin ich vorsichtig. Schließlich läuft hier fast jeden Tag der Herr Staatsanwalt herum, und wo der Herr Staatsanwalt ist, da ist das Gefängnis nicht weit. Und das Gefängnis ist das Schlimmste von allem. Da lassen sie dich den ganzen Tag lang nicht in Ruhe und erst recht nicht in der Nacht. Da machen sie Hackfleisch aus dir. Da schlagen sie dich tot. Fürs Rumstreunen stecken sie dich nicht ins Gefängnis, aber fürs Anfassen schon. Angefaßt ist halb geklaut, so ist das. Nein, nein, da lasse ich lieber die Finger weg und schaue nur und mache die Türklinken mit dem Ellenbogen auf. Auch in Doktor Sanders Zimmer liegt alles an seinem Platz. Auf seinem Schreibtisch steht ein neues Bild von seiner Frau. Wie ein Mädchen sitzt sie auf einer Schaukel und streckt die Beine in die Luft. Sie lacht und ist noch glücklicher als auf dem anderen Bild. Ihr Rock fliegt im Wind, und man sieht ein kleines Zipfelchen von ihrer weißen Unterhose. Sie ist schön. Nicht wie Kristina, anders schön. Wie eine Fee. Ein bißchen zerbrechlich. Wie aus Porzellan. Da muß man vorsichtig sein. Da darf man kein Walter sein. Sonst geht alles in Scherben, und mit dem Glück ist es vorbei. Aber wer mit den Toten vorsichtig ist, der ist es auch mit den Lebendigen. Und wenn Doktor Sander heute mit seiner Trompeterbacke nach Hause kommt, dann ist auch seine Frau vorsichtig. Sie legt ihm einen Eisbeutel auf die Backe, und morgen ist alles wieder gut. Doktor Sander hat eine gute Seele. Er hat eine Frau verdient, hundertmal mehr als Walter hat er eine Frau verdient. Er hat sie verdient, und er hat sie bekommen. Dabei stinkt auch er. Er muß stinken. Er ist ein Mensch. Er hat eine Haut. Da bleibt es dran kleben. Da kann man gar nichts machen. Seine Dusche ist verschlossen. Durchs Schlüsselloch sieht man nur den Duschvorhang, blau mit gelben Fischen, geradeso, als würde er manchmal seine Kinder mitbringen. Aber das geht ja nicht, auch wenn die Toten aufgeräumt sind. Tote machen schlechte Träume. Vielleicht hat auch seine Frau Angst vor schlechten Träumen, hiergewesen ist sie jedenfalls noch nie. Und das, obwohl doch jede Frau ihren Mann irgendwann einmal von der Arbeit abholt. Vielleicht hat sie Verbot. Vielleicht will Doktor Sander sie verstecken. Aber warum? Wo sie doch so schön ist und so glücklich. Da würde ich doch in der ganzen Welt herumspazieren mit so einer Frau und auf sie zeigen und sagen: Das ist meine Frau. Doktor Sanders Dusche ist tabu. So wie sein Zimmer, nur noch mehr. Walters Dietrich paßt wie bei der Mitsch ihrem Bad. Der geht immer, sagt Walter, solang's kein Sicherheitsschloß ist. Ein bißchen knirscht es, aber der Dietrich dreht sich, und dann ist die Tür auf. Sie quietscht, und ich zucke zusammen, weil das Quietschen so laut ist, daß man es im ganzen Haus hören kann. Und wenn es quietscht, dann kommen sie, weil Doktor Sander doch Eiter im Zahn hat und schon vor einer Stunde aus dem Haus gegangen ist, und weil das mit dem Quietschen nur ein Einbrecher sein kann. Ich lausche. Im Flur bleibt alles still, keine Schritte, keine Sirenen, kein Laut. Ich schleiche hinein. Die Dusche ist klein, nicht größer als mein Klo. Die Wände sind weiß gestrichen, und nur dort, wo das Wasser am Vorhang vorbei nach draußen spritzt, blättert es ein bißchen. Am Rand der Duschwanne steht eine Plastikflasche mit Seife. Ich ziehe meinen Ärmel lang und nehme sie hoch. Dieselbe, die ich mit ins Hallenbad nehme. An einem Haken an der Wand hängt ein Handtuch und daneben eine Duschhaube, so wie die Mitsch eine hat. Durchsichtig grün mit einem Gummiband. Mehr gibt es nicht. Nichts, womit sich Doktor Sander den Gestank vom Leib spülen könnte. Kein Duftwässerchen, keine Salben, keine Tabletten. Nichts, nur Wasser und Seife. Aber irgend etwas muß es doch geben, Doktor Sander ist doch nicht aus Stahl, er hat doch Haut. Walter sagt am Abend, ein Doktor ist halt ein Doktor, und daß die Frauen da schon einmal eine Nase zudrücken. Und dann will er wieder die ganzen Geschichten hören. Von dem Mann, der in die Schiffsschraube gekommen ist, von der Frau mit dem halben Kopf und von den Zwillingen, die sie aus dem Wasser gezogen haben. Das ist nicht schön, sage ich, aber Walter winkt ab und sagt, schön muß es auch gar nicht sein, und dann erzäh le ich doch, weil Walter mein Freund ist und weil man Freunden ja nichts abschlagen darf. Walter hört mir zu, und immer, wenn ich eine kurze Pause mache, dann sagt er *Weiter, weiter*, und ich erzähle weiter, und Walters Augen leuchten, vor allem bei der Frau mit dem halben Kopf. Wenn ich Walter von ihr erzähle, dann nenne ich sie Frau Lilly, auch wenn ich ihren Namen gar nicht weiß. Aber in Geschichten brauchen die Menschen nun einmal einen Namen, mehr noch als in der Wirklichkeit. In der Wirklichkeit haben die Menschen ein Gesicht, da muß kein Name sein, aber in einer Ge schichte schon, und besonders bei Frau Lilly, weil sie auch in der Wirklichkeit kein Gesicht mehr hatte oder nur eins, das nicht mehr aussah wie ein Gesicht, und ohne Gesicht, da ist es nicht schön zu sterben. Weil wenn man tot ist, da kommen die Verwandten und wollen einen noch einmal sehen, auch die, die einen nur von Fotos kennen, und auf den Fotos, da hat das Gesicht noch gelächelt, und dort, wo der Mund war, ist jetzt nur noch ein Loch. Nein, sagt Walter, schön ist das wirklich nicht, und dann steht er auf und sagt, daß es Zeit ist zu gehen, und ich nicke, weil ich müde bin und weil die Mitsch schon dreimal an die Tür geklopft und gerufen hat, daß jetzt einmal eine Ruhe ist.

Am Morgen ist die Backe von Doktor Sander nur noch halb so dick, aber Schmerzen hat er immer noch. Zahnärzte, sagt er, sind schlimmer als Metzger, und dann sagt er, daß der Tote im Kühlfach noch immer keinen Namen hat. Dafür gibt es eine frische Leiche, so frisch, daß sie noch halb warm ist und gar nicht steif, und weil sie einen Ausweis in der Tasche hat, muß man nach dem Namen nicht lange suchen. Am liebsten von allen sind mir die Vergifteten. So ein Vergifteter, der sieht ja aus, als ob er gerade eingeschlafen ist. Vielleicht ein bißchen Schaum vor dem Mund, aber damit läßt es sich schon leben. Da ist kein Blut, da ist kein Loch, da fehlt kein halber Mensch. Der sieht aus, als ob er schon im nächsten Moment wieder aufwacht, und dann springt er vom Tisch und ist auf und davon. Aber Doktor Sander sagt, daß ihm in zwanzig Jahren noch keiner wieder aufgewacht ist. Das ist was fürs Kino, sagt er, so was kommt nicht vor, da machen Sie sich mal keine Sorgen, und ich mache mir mal keine Sorgen, weil auch ich nicht glaube, daß so ein Vergifteter sein Gift so schnell wieder los wird. Ein Mensch ist ja kein Falter, und wenn einer erst einmal hier liegt, dann hat ihm einer schon ein paar Tropfen mehr eingeflößt. Doktor Sander sagt, so ein Vergiftungstod ist keine schöne Sache. Das kann Stunden gehen, und dann ist es noch immer nicht vorbei. Da gibt es ein Brennen und ein Würgen und ein Kribbeln überall. Irgendwann dann zerreißt es das Gedärm, und der ganze Körper ist ein Krampf, und die Luft wird dünn und dünner, und vorbei ist es noch immer nicht. Eine Qual, sagt Doktor Sander, ist das, und ich zucke ein bißchen zusammen, weil mir schon der Gedanke an eine Qual eine Qual ist. Aber dann denke ich, daß die Qual ja nicht umsonst war, weil der Tote kein Loch im Kopf hat und auch sonst ganz heil geblieben ist, und wenn die Verwandten kommen, dann sieht der Tote aus wie lebendig, nur daß er schläft, und keiner muß einen Schrecken bekommen, nur den, daß er nicht mehr aufwacht, nie mehr, und nur das kann Doktor Sander versprechen. Und wenn es einmal soweit ist, daß ich bei mir mit dem Sterben nachhelfen muß, dann will auch ich das mit einem Gift tun. Vielleicht sogar mit dem aus meiner Spritzflasche. Wenn ich die ganze Flasche nehme, dann wird das schon reichen, und wenn es nur halb so schnell geht wie bei den Faltern, dann ist die Qual auch bald vorbei. Und niemand muß einen Schrecken bekommen, weil mir der halbe Kopf fehlt oder vielleicht sogar der ganze, weil ich mich auf die Schienen gelegt habe und ein Zug drübergefahren ist. Nein, keiner soll einen Schrecken kriegen, wenn ich einmal auf dem Tisch liege. Und da kommen mir die Tränen, weil ich weiß, daß sowieso keiner einen Schrecken kriegt, egal, wie ich aussehe, ob mir der Kopf fehlt oder nur ein kleiner Finger. Dabei muß es doch für jeden einen Menschen geben, der einen Schrecken hat. Einen, der die Hände vors Gesicht schlägt und langsam, ganz langsam zu Boden sinkt, wenn die schlechte Nachricht kommt. Einen, der am Tisch steht und mit seinen Tränen die Spuren verwischt. Aber so ist es nicht, und wenn Doktor Sander sagt, daß es zu jedem Topf einen Deckel gibt, dann hat er keine Ahnung, dann lügt er, dann weiß er nicht, was er sagt.

Weil so einer, der ein Doktor ist und eine Frau hat, die vor lauter Glück auf der Schaukel sitzt und mit sich selbst um die Wette lacht, so einer hat leicht reden, so einer muß sich um den Schrecken keine Sorgen machen, so einer muß einem nichts erzählen. Und auch Walter muß mir nichts erzählen. Er sagt, die Frauen sollen nicht einen Schrecken haben, eine Freude sollen sie haben und quieken, daß es eine Lust ist. Aber irgendwann ist es damit auch einmal vorbei. Dann hat Walter Eiter im Gehäng, oder ein betrogener Ehemann haut ihm eine Flasche über den Schädel. Ein Schrecken ist das und keine Lust, und dann sieht er mal, wohin das alles führt.

Gestern hat Walter mir ein Fahrrad geschenkt, mit fünf Gängen und einem Sattel so weich wie ein Sofa. Walter sagt, er fährt ja doch lieber Auto, was soll er da ein unnützes Zeug im Keller rumstehen haben. Und ein bißchen frische Luft, sagt er, tut dir auch mal gut, bist ja schon blaß wie deine Leichen. Walter hält das Rad am Gepäckträger fest, damit ich nicht umfalle. Seine Beine stampfen hinter mir auf dem Asphalt. Ich sehe Walter ja nicht, aber wahrscheinlich ist schon sein ganzes Hemd naßgeschwitzt und klebt an seinem Schwabbelbauch.

Nicht so schnell, höre ich seine Stimme keuchen, und ich trete noch ein bißchen fester und lache laut heraus, so eine Freude ist das. Der Wind pfeift mir um die Backen, und die Augen haben schon Tränen, und als ich kurz, nur ganz kurz, den Kopf nach hinten drehe, um nach Walter zu sehen, wie er da hinter mir herfliegt, da macht das Rad einen Schlenker und zack, hat es Walter hingehaut. Ein richtiger Bauchplatscher, die Arme voraus, wie ein Schwimmer, der vom Startblock springt, nur daß da kein Wasser ist, sondern ein Asphalt. Walter stöhnt, aber ich muß ja wieder nach vorne schauen. Erst geht es noch schön geradeaus, aber dann fängt es an zu schlenkern, und als ich daran denken muß, daß Walter hinten nicht mehr hält, da schlenkert es noch mehr, und meine Hände fangen an zu zittern. Und als dann noch der Bordstein auf mich zukommt, da gibt es auch für mich kein Halten mehr. Erst tut es gar nicht weh, aber dann ist da ein Schmerz im Knie, und ein bißchen Blut gibt es auch. Aber als ich Walter ein paar Meter weiter sehe, wie er aufsteht und lacht und sich den Dreck aus der Hose klopft, da stehe auch ich auf und lache und klopfe mir den Dreck aus der Hose, und das mit dem Knie ist schnell vergessen. Walter kommt auf mich zu und legt seinen dicken Arm um meine Schultern. Mann, Dolf, sagt er, bist schon ein Teufelsfahrer, und dann, daß wir darauf noch ein Bier zusammen trinken gehen. Ich nicke, und wenn ich daran denke, daß Walter spätestens beim zweiten wieder meine Geschichten hören will, da macht es mir für heute gar nichts aus. Am nächsten Tag übe ich allein mit dem Rad. Walter ist mit dem Auto in eine andere Stadt. Revier wechseln, hat er gesagt. Geradeso, als ob er hier schon alle Frauen gehabt hat. Ich übe auf einem kleinen Weg im Park. Am Anfang wackelt es noch, aber dann geht es immer besser. Nur ein Tag, und ich falle schon nicht mehr herunter. Ich bin kein Idiot. Wer das sagt, lügt. Ein Idiot lernt das Fahrradfahren nie, da muß man nicht lange reden. Am nächsten Morgen traue ich mich schon raus auf die Straße. Es ist Sonntag, und die Fahrradwege sind voll wie eine Autobahn. Wie Heuschrecken kommen sie aus allen Ecken angeflogen. Und wie sie sich da so links und rechts und vor und hinter einen schieben, da muß man den Lenker ganz schön festhalten. Da darf man nicht das Zittern anfangen. Da muß man schon fahren können. Einmal gibt es fast einen Unfall. Eine Frau kommt von vorne auf mich zugefahren, ohne Bremsen, geradeso, als ob sie mich gar nicht sieht. Sie hat einen hohen Lenker, aber ihre Hände hat sie in der Mitte, da, wo der Lenker festgeschraubt ist, eng, ganz eng, wie eine Gottesanbeterin. Und wie sie so auf mich zuhält, da fange ich doch das Zittern an, und vor lauter Zittern vergesse ich das Bremsen, und ohne Bremsen, da hält so ein Rad ja nicht an. Und als ich schon denke, daß alles zu spät ist, daß es gleich einen Riesenknall gibt, da rauscht die Frau in letzter Sekunde mit einem kleinen Schlenker an mir vorbei, als wäre so ein Schlenker in letzter Sekunde das Normalste auf der Welt. Wie ich mein Rad endlich doch zum Halten bringe und mich nach ihr umdrehe, da ist die Gottesanbeterin im Getümmel der anderen schon verschwunden, und daß ich einen Schrecken habe, das interessiert sie sowenig wie Walter meine Geschichte von dem Falter auf der Nadel. Und auch die anderen, die links und rechts an mir vorbeirasen, merken meinen Schrekken nicht. He, du, brüllt einer und zeigt mir seine Faust, nicht träumen, und ich nicke und steige auf und versuche mit meinen Beinen wieder in einen Tritt zu kommen. Aber dasselbe wie vorher ist das nicht.

Hirschkäfer

Der Tote hat einen Namen bekommen. Am Morgen ist der Herr Staatsanwalt gekommen und hat mit einem Stück Papier gewedelt. Mike *sowieso*. Die Zähne, sagt er, am Endc sind es immer die Zähne. Kommt jemand, fragt Doktor Sander. Der Herr Staatsanwalt nickt, und ich weiß, was das bedeutet. Eine halbe Stunde später ist sie da. Eine Frau, so schön, daß es sie gar nicht gibt. Schöner als Kristina, schöner als die Frau von Doktor Sander, schöner als alle Frauen zusammen, mit denen Walter zur Sache kommt. Sie hat einen Schrecken schon in der Tür, obwohl der Raum ganz leer ist und der Tote noch im Schrank. Ihre Wimpernfarbe läuft ihr über die Backen, und ihre blonden Haare sind ein bißchen verwühlt. Obwohl noch nicht einmal richtig Frühling ist, ist das Stückchen von ihrem Bauch, das zwischen Hose und Bluse herausschaut, schon braun wie im August. Der Herr Staatsanwalt macht ein Beerdigungsgesicht. Er geht ein paar Schritte auf die Frau zu und streckt ihr die Hand entgegen. Dann macht er eine kleine Verbeugung, geradeso, als ob damit irgend etwas leichter wäre. Schließlich zuckt er mit den Schultern und sagt: Es hilft nichts, wir müssen. Mit dem Kopf deutet er in Richtung Kühlraum. Die Frau sagt nichts. Statt dessen zittert sie sich die Seele aus dem Leib. Kommen Sie, sagt Doktor Sander. Er legt ihr den Arm um die Schultern und zieht sie ein bißchen zu sich hin. Sie nickt, aber das Zittern hört nicht auf. Dann gehen wir. Ein paar Sekunden später stehen wir vor den Schubladen. Vierzig Stück, vier Reihen, in jeder Reihe zehn, dabei haben wir nie mehr als acht Leichen gleichzeitig. Einmal elf, aber das ist schon lange her. Auf den Schubladen stehen keine Namen, nur Nummern, aber Doktor Sander und ich wissen auch ohne Namen, wer wo seinen Platz hat. Kommen Sie, sagt der Herr Staatsanwalt, bringen wir es hinter uns. Doktor Sander nickt mir zu, und ich nicke zurück. Dann öffne ich die Schublade mit der Nummer 12 und ziehe die Liege heraus, und als ich das Tuch zur Seite nehme und der Herr Staatsanwalt die Frau ein Stück nach vorne schiebt und *Bitte* sagt und sie ihren Blick vom Boden nimmt, um nach oben zu schauen, da hört das Zittern auf, weil dort, wo der

Schrecken grenzenlos ist, da ist nicht einmal mehr Platz für ein Zittern. Sie steht, steif wie ein Stock, und schaut, und der Herr Staatsanwalt schaut, wie sie schaut, und Doktor Sander schaut, wie der Herr Staatsanwalt schaut, und als die Frau die Augen wieder von dem Toten abwendet, schaut sie auf einmal mich an, so, als hätte sie sich an einem Bonbon verschluckt, und im selben Moment, als Doktor Sander sie fragt, ob sie vielleicht ein Glas Wasser haben möchte, da fällt sie mir um den Hals. Sie schlingt mir ihre Arme um den Hals und vergräbt ihr Gesicht in meiner Schulter, und es dauert nicht lange, und das alte Zittern ist zurück in ihrem Körper, und weil sie so zittert, zittere ich gleich mit, weil so ein Zittern steckt ja an, und nur, damit das Zittern ein bißchen weniger wird, fasse ich mit meinen Armen um ihren Rücken und halte ihn fest, wie ich noch nie einen Rücken festgehalten habe, und ihre Brüste zittern gegen meine Brust, wie noch nie Brüste gegen meine Brust gezittert haben, so weich, wie ich es noch nicht einmal in meinen Träumen geträumt habe, und von ihrem Hals steigt ein Geruch auf wie das Paradies. Und wie wir da stehen und zittern, da schiebt Doktor Sander eigenhändig die Schublade zurück in den Schrank und nickt mir still zu, und auch der Herr Staatsanwalt nickt, und als sie fertig sind mit Nicken und die Tür der Schublade ins Schloß knackt, da drehen sie sich um und lassen mich mit der zitternden Frau allein. Bevor ich noch irgend etwas sagen kann, sind die beiden schon aus der Tür, und die Frau krallt sich fester um meinen Hals, und obwohl ich meine Arme von ihrem Rücken nehme, kleben wir aneinander wie ein Liebespaar in einem Liebesfilm. Aber wir sind kein Liebespaar in einem Liebesfilm, und wir sind auch sonst nichts, weil dort in Nummer 12 ein Mann liegt, und ich habe ihn dort hineingelegt, hineingelegt, nachdem ich ihn ausgezogen und mit Doktor Sander sein Herz und sein Gehirn gewogen habe, sein Gehirn, daß jetzt nicht mehr in seinem Kopf, sondern in seinem Bauch steckt, dort kommt es immer hin und in den Kopf ein Stück Papier, nur davon erzählen wir den Angehörigen nichts, aber wer will denn auch schon Einzelheiten wissen. Und weil mir nichts anderes einfällt, singe ich ihr leise ein Lied ins Ohr, ein Lied, das mir aus der Schule in Erinnerung geblieben ist, von einem Jungen, der sich in einem Wald verläuft und schließlich erschöpft unter einem Baum zusammensinkt und schläft und schläft, bis er von einem Hirschkäfer wachgezwickt wird und vor Schreck noch tiefer in den Wald hineinrennt.

Und als ich das von dem Jungen so in ihr Ohr hineinsinge, da fängt sie zum Zittern noch das Heulen an. Sie heult, daß mir bald schon das Hemd naß ist, und wie sie auch noch ihr Gesicht nach oben gegen meinen Hals schiebt und ich ihre Haut auf meiner Haut spüre, da kommt plötzlich Leben in mein Gehäng, genauso, wie wenn ich auf meinem Bett liege und zu Kristina hinsehe. Und wie ich noch denke, daß da mal jetzt bloß nichts passiert, da fängt es an zu kribbeln, und im nächsten Moment ist es auch schon vorbei. Das ist nicht gut, denke ich, das ist eine Verführung oder eine Unzucht, da geht es gleich in den Gerichtssaal und von dort direkt ins Gefängnis. Das ist nicht gut, denke ich, und gleich fängt die Frau an zu schreien, und dann kommt auch Doktor Sander wieder hereingerannt und sieht, was ich angerichtet habe. Aber anstatt zu schreien, nimmt die Frau ihre Arme von meinem Hals, kramt ein Taschentuch aus ihrer Hosentasche und trocknet sich damit die Tränen. Ihr Zittern hat aufgehört, nur die Schmiererei auf ihren Backen ist noch schlimmer geworden. Sie sind nett, sagt sie, danke. Dann dreht sie sich um und geht. Als Doktor Sander kurz darauf noch einmal im Kühlraum auftaucht, da sagt er, Dolf, eins muß man Ihnen lassen, aufs Trösten verstehen Sie sich,

Hut ab, und zu meiner nassen Hose sagt er nichts. *Sie sind nett.* Noch am Abend klingen mir die Worte der Frau im Kopf. Als ich Walter beim Kiosk treffe, erzähle ich ihm nichts davon. Warum auch, was weiß er schon vom Trösten. Später, im Bett, schaut Kristina zu mir, als ob nichts geschehen ist. Sie lächelt mich an und streichelt ihre Brüste. Bis gestern war sie die schönste Frau, die ich mir vorstellen konnte. Aber jetzt ist alles anders. Sie sind nett, das sagt man nicht einfach so, ohne Grund, schon gar nicht, wenn nicht einmal einen Meter entfernt ein Toter liegt. Ihr Toter, drei Messerstiche im Bauch, namenlos für sieben Tage. Und dann steigt mir ihr Duft in die Nase, und ich spüre ihre Arme um meinen Hals und ihre Tränen, und da gibt es irgendwann kein Halten mehr.

Am nächsten Morgen sagt Doktor Sander, daß die Polizei die Frau am Nachmittag noch ganz schön in die Mangel genommen hat. Nach Strich und Faden, sagt er, aber am Schluß haben sie einsehen müssen, daß sie mit den Messerstichen nichts zu tun hat. Was für eine dumme Idee, denke ich, und ich schüttle den Kopf, und Doktor Sander sagt, sie hat Ihnen gefallen, nicht wahr, Dolf, das habe ich gleich gesehen, und er zwinkert mir zu, als ob wir jetzt ein Geheimnis miteinander haben.

Aber was ist das schon für ein Geheimnis, daß einem eine Frau gefällt, die schöner ist als alles, was es gibt. Da wird es ihm nicht anders gehen und dem Herrn Staatsanwalt gleich zweimal nicht, wo er zu Hause doch eine Schreckschraube hat, das jedenfalls hat Doktor Sander einmal erzählt und dabei gelacht, als würde er dem Herrn Staatsanwalt so eine Schreckschraube schon gönnen. Vielleicht hat Doktor Sander ja recht, und ich bin wirklich ein guter Tröster. Auf alle Fälle habe ich der Frau den Rücken gehalten, wie ich noch nie einer Frau den Rücken gehalten habe, und vielleicht hat auch ihr noch niemand so den Rücken gehalten, wie ich ihr den Rücken gehalten habe, und auch, wenn das Zittern nicht gleich aufgehört hat, habe ich ihr doch einen Trost gegeben, daran muß man keinen Zweifel haben. Und das mit dem kleinen Zwischenfall, da muß man nicht dran denken, das ist längst vergessen, und die Frau hat ja auch gar nichts gemerkt, sonst hätte sie doch geschrien, wo das doch fast eine Unzucht war, aber der Trost war stärker, und wo ein Trost ist, da ist alles andere nur noch ein schlechter Traum. Und wie ich an sie denke, da frage ich mich, wie das jetzt aussieht mit dem Trost, bei ihr, jetzt, in diesem Moment. Wahrscheinlich sitzt sie zu Hause auf ihrem Bett und heult sich die

Augen aus dem Gesicht, und da ist keiner, der ihr den Rücken hält und ihr Lieder ins Ohr singt. Da sind vier traurige Wände und ein bißchen traurige Musik und auf dem Nachttischchen ein Bild aus besseren Tagen, aber das macht ja alles nur noch trauriger. Doktor Sander sagt, daß das mit der Trauer manchmal schneller vorbeigeht, als man denkt, und daß es Witwen gibt, die schon ein halbes Jahr später wieder heiraten. Kann sein, daß er recht hat, aber wenn, dann haben sie einen guten Tröster gehabt, einen Meistertröster, einen, der ihnen den Rücken hält und streichelt und Lieder ins Ohr singt. Und irgendwann singen und streicheln die Witwen zurück, nur so erst, ohne Ziel, aber bald schon wird das Streicheln ernster, und dann kommt irgendwann das Küssen dazu und dann der Rest, und dann dauert es nicht mehr lange, und die Hochzeitsglocken läuten vom Turm. Ich könnte bei Natalie vorbeigehen, klingeln und fragen, ob ich sie noch einmal trösten soll. Sie wird mich wiedererkennen. Sie wird mich hereinbitten. Sie wird mir etwas zu trinken anbieten. Aber wie ich mir vorstelle, daß sie mir ihre Arme um den Hals legt, da fällt mir ein, daß ich gar nicht weiß, wo sie wohnt. Ich weiß noch nicht einmal ihren Namen, und wo kein Name ist, da ist auch kein Trost, und wo kein Trost ist, da ist auch sonst nicht viel. Der Herr Staatsanwalt, ja, der kennt ihren Namen, der hat ihn in seiner Akte stehen, der kann zu ihr hingehen und klingeln und sagen, daß er noch ein paar Fragen hat, aber ein Trost ist so ein Herr Staatsanwalt nicht.

Walter sagt, der Name von einer Frau spielt keine Rolle. Besser, du weißt nichts von ihnen, und noch besser, sie wissen nichts von dir, und daß sie sonst eines Tages vor der Tür stehen und behaupten, daß man ihnen das Himmelreich versprochen hat. Wir sitzen am Kiosk und trinken Bier zusammen. Was ist los, sagt Walter, und knufft mir in die Seite, rück's raus, da ist doch was im Busch, bist doch sonst nicht so maulfaul. Nein, sage ich, da ist nichts, aber wie Walter bohrt und bohrt und mir ein Bier nach dem anderen spendiert, erzähle ich es ihm irgendwann doch. Ich erzähle ihm von dem Toten ohne Namen, von den Messerstichen in seinem Bauch, von der Frau, wie sie zur Tür hereingekommen ist, von ihrer Wimpernfarbe, die ihr über die Backen gelaufen ist, wie sie gezittert hat, wie wir in den Kühlraum gegangen sind, wie ihr Zittern plötzlich aufgehört hat, wie sie mir um den Hals gefallen ist, wie ihr Zittern wieder angefangen hat, wie ich ihr ins Ohr gesungen habe und wie sie gesagt hat, daß ich nett bin und danke. Nur das mit der Hose erzähle ich nicht. Und dann, fragt er. Wie dann, frage ich. Wo, fragt Walter. Wie wo, frage ich. Im Kühlraum, fragt Walter. Ja, im Kühlraum, sage ich. Donnerwetter, sagt Walter. Wie Donnerwetter, frage ich. Du hast sie tatsächlich im Kühlraum vernascht, sagt Walter. Nein, nein, sage ich, umarmt, ich habe sie nur umarmt, und da ist Walter plötzlich richtig sauer. Warum ich ihm so eine Geschichte erzähle, ohne alles, noch nicht einmal eine Knutscherei, dafür lohnt sich doch gar nicht das Maul aufmachen, und dann wuchtet er sich aus seinem Stuhl und stampft davon, und ich muß alles Bier selbst bezahlen. Auf dem Heimweg finde ich am Straßenrand einen halbtoten Mistkäfer, der sich mühsam durchs Gras schleicht. Vorsichtig nehme ich ihn hoch und wickle ihn in mein Taschentuch. Aber zu Hause ist er tot und ein Beinchen schon abgebrochen, und da kann man so einen Käfer wegwerfen, da helfen keine Mittelchen, tot ist tot und ab ist ab, da gibt es keine Wunder.

Am Morgen kaufe ich eine Zeitung am Kiosk. Was ist denn jetzt los, fragt die Kioskfrau und schaut mich an, als hätte ich nach einer Wassermelone gefragt. Ich halte ihr die Münzen entgegen, und sie sagt etwas von Zeichen und Wundern und nimmt das Geld, und erst als ich schon um die Ecke bin, frage ich mich, was für Zeichen und Wunder die Kioskfrau wohl gemeint hat. Auf einer Bank schlage ich die Zeitung auf und suche nach den Totenanzeigen. Ein Wind weht mir ins Papier und macht das Umblättern schwer, aber dann habe ich sie gefunden. Ich lese jeden Namen ganz genau, viele Namen, aber keiner, der Mike *sowieso* heißt, und am nächsten Tag auch nicht und am übernächsten auch nicht, und als ich das mit den Zeitungen schon aufgegeben habe, finde ich ihn doch: in einem Papierkorb, obenauf. Nur daß er Maik heißt und nicht Mike, ein Mann ohnegleichen, 35 Jahre, herausgerissen aus einem blühenden Leben. Und auch ihr Name steht da, Natalie, nur Natalie, und daß sie traurig ist bis in alle Zeit. Aber wer weiß das schon, wer will das sagen, das ist doch eine Frage des Trostes, da muß man nicht dran zweifeln, gar nicht dran zweifeln, und wie ich weiterlese, sehe ich, daß die Beerdigung schon am Nachmittag ist, um vier Uhr, Waldfriedhof, *von Beileidsbezeugungen bitten wir abzusehen*, kein Trost am Grab also, vier Uhr, da ist noch Zeit hin, aber wie ich am Mittag mit Doktor Sander am Fenster stehe und mit ihm an einer Zigarre ziehe und alles ganz ruhig ist, da geht die Tür auf, und eine frische Leiche wird hereingefahren, und mit der Zeit ist es plötzlich so eine Sache. Und auch, wenn ich mich mit dem Wiegen beeile, es hilft nichts, die Zeit läuft davon, und als mir vor lauter Beeilung auch noch die Leber von dem Toten auf den Boden fällt und Doktor Sander mich mit bösen Augen anschaut und sein Messer weglegt und mir erst einmal eine Predigt hält und ich hinterher die Sauerei von der Leber wegwischen muß, da weiß ich, daß das mit der Beerdigung nichts mehr wird. Um fünf ist der Tote zu, und um halb sechs bin ich am Waldfriedhof, aber außer dem Friedhofswächter ist keiner mehr da, nur ein Grab voller Blumen und ein Band an einem Kranz und darauf: *Für immer, Natalie.*

Pfauenauge

Walter hat einen Unfall an den Gleisen gehabt. Er hat die Hupe nicht gehört, und dann war der Zug auch schon da. Im letzten Moment konnte er gerade noch von den Gleisen springen. Aber neben den Gleisen, da ist ja gleich der Abhang, und den ist er dann runter und unten auf einen Signalmast drauf und zack, schon waren die Rippen zerknackst. Zwei Tage Krankenhaus, dann haben sie ihn wieder entlassen. Kein Wunder, so wie Walter am Rumjammern ist, will den keiner lange haben. Von wegen, daß er keine Luft kriegt und daß sich vielleicht schon eine zerknackste Rippe in seine Lunge gebohrt hat und daß er sich ein ganz trauriges Lied für seine Beerdigung wünscht, so traurig, daß alle zu heulen anfangen und einen Sarg voller Blumen. Abends ist das Jammern am schlimmsten. Dann sagt er, jetzt brauch ich mal ein bißchen Trost, und dann hole ich ihm vom Imbiß zwei Bratwürste und zwei Bier, und wenn ich ihm dazu noch ein paar von meinen Geschichten erzähle, dann seufzt er und sagt: Jetzt geht's mir schon ein bißchen besser. Und wenn ich später heimgehe, da sagt er, Dolf, bist schon ein echter Freund, und dann freut es mich, weil so etwas ja selten ist. Kristina habe ich zusammengefaltet und auf den Schrank gelegt. So kann ich mir besser vorstellen, wie Natalie aussieht. So ganz ohne alles. Vielleicht sogar ein bißchen wie Kristina, nur noch viel schöner, so schön, daß man es sich gar nicht richtig vorstellen kann, so schön, daß man es schon selbst gesehen haben muß. Aber wie soll ich es sehen, wenn ich noch nicht einmal ihre Adresse weiß. Sie würde mich hereinlassen, ganz bestimmt würde sie mich hereinlassen, wo ich doch der erste war, der sie getröstet hat. Kommen Sie rein, nur nicht so schüchtern, fühlen Sie sich ganz wie zu Hause. Und dann setzt sie sich zu mir, und ich sehe in ihren Augen, daß es mit der Traurigkeit schon ein bißchen weniger geworden ist. Aber was, wenn auf einmal ihre Nase das Schnüffeln anfängt. Erst nur ein bißchen, dann mit Falten, oben, da, wo sie anfängt. Und dann sagt sie: Riechen Sie das auch? Doch, doch, das riecht wie – und dann bricht sie in Tränen aus, weil ihr plötzlich eingefallen ist, wo es so gerochen hat, und das ist keine schöne Erinnerung, ganz bestimmt keine schöne Erinnerung, und wie ich meinen Arm um sie legen will, um sie noch einmal zu trösten, da schüttelt sie mich ab wie eine Schmeißfliege. Gehen Sie, sagt sie und zeigt zur Tür, gehen Sie und kommen sie nie wieder, und ich stehe auf und gehe und komme nie wieder.

Am Abend muß ich Walter wieder Geschichten erzählen. Und weil ich alle schon hundertmal erzählt habe, fange ich irgendwann an, neue zu erfinden. Von einer Frau ohne Unterleib, von einem Selbstmord mit Kettensäge, von Geköpften und Erwürgten und am Schluß von einer Frau, die schöner ist als alles, was es gibt. Und wie Doktor Sander sagt: Es hilft nichts, auch so etwas müssen wir aufschneiden, da verzieht Walter das Gesicht und sagt: So ein Jammer aber auch, kann man da nicht mal eine Ausnahme machen? Kann man nicht, sage ich, und am Schluß hat die Frau einen Reißverschluß, von ganz oben bis ganz unten, und den Kopf voller Papier. Mir ist ganz übel vor lauter Erzählen, und als ich am Abend in meinem Bett liege und versuche, mir den Bauch von Natalie vorzustellen, da habe ich immer nur diesen Reißverschluß im Kopf, von ganz oben bis ganz unten, und ich weiß gar nicht, wie mir so eine Geschichte überhaupt einfallen kann. In der Nacht träume ich von ihr, und am Morgen fliegt sie an mir vorbei. Sie erkennt mich nicht. Sie ist in Eile. Ich will ihren Namen rufen, aber mein Mund ist zugenäht und trocken wie in einer Wüste. Ich sehe ihr nach, bis der letzte Zipfel von ihrem Sommerkleid hinter einer Häuserecke verschwunden ist. Weiß mit roten Blumen, kein bißchen Schwarz. Doktor Sander sagt, ich sehe aus, als ob mir gerade ein Gespenst begegnet ist, und ich nicke und sage, ja, eins mit Blumen, und da lacht Doktor Sander und sagt, daß ich heute aber eine lebendige Phantasie habe, und dann machen wir uns wieder an die Toten.

Walter sagt am Abend, daß er einen Notstand hat. Acht Tage, sagt er, Mensch, Dolf, überleg dir das mal, acht Tage, und das nur, weil ich die blöde Tröte nicht gehört hab. Dann stöhnt er und hält sich die Rippen und sagt, er braucht einen Trost und daß ich ihm heute mal was anderes erzählen soll. Nichts mit Toten, sagt er, was Lebendiges, und ich sage, wie was Lebendiges, und er sagt, was Scharfes eben. Dann macht er mit dem Zeigefinger und dem Daumen von seiner linken Hand einen Kreis und schiebt den rechten Zeigefinger rein und raus. Du weißt schon, was ich meine, sagt er, und weil ich weiß, was er meint, und mir nichts anderes einfällt, erzähle ich ihm eben die Geschichte vom Kühlraum. Also das, was ich ihm noch nicht erzählt habe, und wie ich fertig bin mit Erzählen, da starrt Walter mich an, mit offenem Mund starrt er mich an und sagt: Ich glaub es nicht, du hast tatsächlich im Leichenkeller in die Hose gesaftet, und dann lacht Walter, und ich stehe auf, weil irgendwann auch mal genug gelacht ist, und wie ich nach Hause komme, da steht die Mitsch in der Tür, und auch sie lacht und sagt, stellen Sie sich mal vor, was heute passiert ist, das erraten Sie nie, und ich schüttle den Kopf, weil ich mir gar nichts vorstellen will und raten gleich zweimal nicht, und sie sagt: Lotto, stellen Sie sich vor, ich habe im Lotto gewonnen, 5 Richtige und Zusatzzahl, und daß sie jetzt gar nicht mehr vermieten muß und ob das nicht ein Riesenglück ist. Ich schüttle ein zweites Mal den Kopf und gehe auf mein Zimmer und denke mir, daß es Tage gibt, die gut anfangen und von denen man sich am Ende wünscht, daß es sie nie gegeben hat. In der Nacht schaue ich mir meine Tiere an. Drei Kästen, jeder mit einem Glasdeckel, daß man alles gleich sehen kann. Ein Kasten mit Käfern, einer mit Schmetterlingen und einer mit Hüpfern und was es sonst noch alles gibt. Von den meisten weiß ich den Namen. Ich schreibe ihn auf ein kleines

Schildchen und pieke ihn dazu. Am liebsten von allen sind mir die Schmetterlinge, und am liebsten von den Schmetterlingen ist mir das Pfauenauge. Das habe ich in die Mitte gepiekt und die anderen im Kreis drum herum. So ist das Pfauenauge der König, und die anderen sind seine Diener. Nur einmal, in einem Museum, da habe ich Schmetterlinge gesehen, die waren noch schöner und einer groß wie ein Vogel. Aber die waren von so weit weg, daß man dort gar nicht hinkommt. Von China und Afrika und einer sogar von Brasilien, da sind die allerschönsten her. Aber dann schaue ich mir wieder mein Pfauenauge an, und das ist auch schön, so schön, daß ich es am liebsten ein bißchen streicheln würde, aber das darf man ja nicht, weil das Pfauenauge sonst auseinanderbricht, und dann ist es mit dem König vorbei. Sowieso hat ein Flügel schon einen kleinen Riß, und mit so einem Riß muß man ja noch vorsichtiger sein. Für Natalie werde ich ein neues fangen. Ich werde auf die Wiese gehen und so lange umherstreifen, bis mir das schönste Pfauenauge der Welt ins Netz gegangen ist. Dann kommt es ins Glas. Zur Sicherheit werde ich ein paar Tropfen mehr hineintun. Ein paar Minuten nur, dann ist der Schmetterling friedlich eingeschlafen. So friedlich, als ob er weiß, für wen er da gestorben ist. Und daß es sich lohnt, für jemand wie Natalie zu sterben, das wird auch ein Schmetterling verstehen. Später werde ich ihn aufs Brett spannen und ganz vorsichtig ausrichten, daß ihm auch ja kein Haar gekrümmt wird. Dann muß er nur noch trocknen. Zwei Wochen lang, besser drei. Zum Schluß setze ich ihn in ein kleines Glaskästchen, nur ihn allein, auf roten Samt, so wie es sich für einen König gehört. Wenn ich Natalie wiedersehe, werde ich ihr das Kästchen überreichen, mit einer roten Schleife drum und einer kleinen Verbeugung. Dann fängt sie an zu weinen, weil ihr das Pfauenauge so eine Freude ist, und auch wenn sie keinen Trost braucht, halte ich ihr den Rücken, und vielleicht streichle ich ihn sogar ein bißchen, und daß sonst nichts passiert, da passe ich schon auf. Gleich morgen gehe ich auf die Wiese und gehe nicht eher wieder heim, bis ich ein Prachtstück von einem Pfauenauge im Netz habe. Aber in der Früh regnet es und hört nicht wieder auf. Was schauen Sie so betrübt, fragt Doktor Sander, als ich am Fenster stehe, und ich sage: Ich möchte ein Pfauenauge fangen, für eine Frau. Doktor Sander legt mir die Hand auf die Schulter und sagt: Das ist ein schönes Geschenk, Dolf, wer ist denn die Glückliche, aber ich schüttle nur den Kopf und schaue weiter aus dem Fenster. Aha, sagt Doktor Sander, Geheimnis, und ich nicke und sage: Ja, Geheimnis. Später hört der Regen auf, und ich gehe auf die Wiese, aber Schmetterlinge gibt es keine. Einmal ein Kleiner Fuchs, aber bis ich mein Netz gerichtet habe, da ist er schon weggeflogen.

Drei Wochen, sagt die Mitsch, drei Wochen, und daß ich froh sein kann, daß sie mich nicht gleich vor die Tür setzt, wo ich doch keinen Mietvertrag habe und sie mich nur aus Mitleid aufgenommen hat, wo doch kein anderer einem wie mir Obdach gibt. Drei Wochen, sagt sie, früher ist das Geld nicht da, und daß sie das schon erst einmal sehen will. Safety to first, sagt sie, mit Geld, da muß man vorsichtig sein, da muß man seine Sinne beisammenhalten, und dann sagt sie was von einem Pferd, das vor eine Apotheke kotzt, aber was das bedeutet, weiß wahrscheinlich noch nicht einmal die Mitsch selbst. Am Abend gehe ich zu Karstadt. Mit der Rolltreppe fahre ich nach oben. Roter Samt, sage ich zur Stoffverkäuferin, roter Samt, den weichsten, den Sie haben. Die Stoffverkäuferin nickt und fragt, was das Ganze denn werden soll, und ich sage: Geschenk. Verstehe, Geheimnis, sagt die Stoffverkäuferin, und ich nicke und sage: Ja, Geheimnis.

In der Nacht lege ich den Samt auf meinen nackten Bauch. Ein ganzer Meter, weniger, hat die Stoffverkäuferin gesagt, geht nicht, und als ich an der Kasse gezahlt habe, da hat der Meter ein Vermögen gekostet. Aber bei so was, da muß man schon mal die Spendierhosen anziehen, sonst steht man am Schluß noch wie ein Geizkragen da. Nein, bei den Frauen, da muß man schon was springen lassen, sonst sind sie weg, noch bevor man ihren Rücken gehalten hat. So ist das, da kann man Walter fragen, aber auf die Idee mit dem roten Samt, da wäre er bestimmt nicht gekommen. Da muß man einen guten Geschmack haben, einen sehr guten Geschmack, das hat auch die Stoffverkäuferin gesagt, und daß so einen guten Geschmack sonst nur die Frauen haben. Dann hat sie mir den roten Samt schön klein zusammengelegt und in ein Papier eingefaltet. Vielleicht hätte ich ihr von dem Pfauenauge erzählen sollen und wie ich es auf seinen Samtthron setze und vielleicht sogar von Natalie. Die Stoffverkäuferin hätte es verstanden, ganz bestimmt hätte sie es verstanden. Der Samt ist rot, so rot, wie ein Samt nur rot sein kann, und weich, weicher geht nicht. Weich wie ein Kaninchen, weich wie frisches Moos im Wald, weich wie die Haut von Natalie. Und wenn ich über den Samt auf meinem Bauch streichle, dann ist es, wie wenn ich über Natalies Bauch streichle. Und wenn ich meine Arme um meinen Körper lege, dann ist es, wie wenn ich meine Arme um ihren Körper lege. Und wenn meine Lippen den roten Samt küssen, dann ist es, wie wenn ich ihre Lippen küsse. So wie ich noch nie einer Frau ihre Lippen geküßt habe, außer einmal, aber das ist keine schöne Geschichte. Das hat einen Ärger mit Doktor Sander gegeben, wie es noch nie einen Ärger gegeben hat. Einen roten Kopf hat er gehabt und gebrüllt zum Tote aufwecken. Dabei haben meine Lippen ihren Mund nur einen kurzen Augenblick berührt, eine Hunderttausendstelsekunde vielleicht, nicht mehr. Und eine Hunderttausendstelsekunde, das ist ja gar kein richtiger Kuß, das ist ja nichts, worüber man einen roten Kopf kriegen muß und brüllen zum Tote aufwecken. Eine Hunderttausendstelsekunde, das ist ja, als ob es das gar nicht gegeben hat, und am nächsten Tag hat Doktor Sander auch gesagt, daß wir das ganz schnell wieder vergessen sollen. Kein Wort mehr darüber, hat er gesagt, und daß ich das nur nicht noch einmal machen soll, weil er sonst für nichts garantieren kann. Doktor Sander hat nie mehr davon angefangen, vielleicht hat er es wirklich vergessen. Aber ich, ich habe es nicht vergessen. Auch wenn es nur eine Hunderttausendstelsekunde war, Zeit genug, um zu schmecken, daß ihre Lippen bitter waren. Bitter wie ein Löffel Lebertran, bitter und hart, aber das ist ja kein Wunder, wo doch die Starre schon eingesetzt hat. Da ist es vorbei mit weichen Lippen, da kann man nichts mehr erwarten, da ist es, als ob man ein Stück Beton küßt. Aber so etwas kommt ganz bestimmt nicht mehr vor, da kann sich Doktor Sander auf mich verlassen. Wer will schon eine Tote küssen, schon gleich, wenn es eine Natalie gibt, mit Lippen so weich wie Samt. Wie roter Samt, ein ganzer Meter, drunter, hat die Stoffverkäuferin gesagt, geht es nicht. Aber was ist schon ein Meter? Zwei hätte ich kaufen sollen und noch mal zwei, zum Draufliegen und zum Zudecken, dann wäre Natalie überall, und ich könnte sie spüren, so wie ich noch nie eine Frau gespürt habe, sie auf mir und ich auf ihr und alles zur gleichen Zeit.

Feldgrille

Walter sagt, daß ich einen Schlachtplan machen muß und daß das sonst nichts gibt mit den Frauen. Ich habe ihm von dem Pfauenauge erzählt und von dem roten Samt, den ich gekauft habe, aber das, sagt Walter, soll ich mal schnell vergessen. Jetzt werden keine Flattermänner gefangen, sagt er, jetzt ist Jagdzeit für Großwild. Dann steht er von seinem Stuhl auf und kramt aus einer Küchenschublade ein Schreibheft heraus, mit Linien wie für Schönschrift. *Schlachtplan*, schreibt Walter, und ich rufe *Halt*, weil Walter schon das erste Wort versaut hat. Oben und unten schaut es aus den Linien raus wie die Wurst aus einem Brötchen. Aber Walter will von Linien nichts wissen, und als er mit der Hand über die Seite wischt, da ist der Schlachtplan auch noch verschmiert. Punkt 1, sagt Walter, auflauern. Punkt 2: anschleichen. Punkt 3: ansprechen. Punkt 4: abschießen. Als er alles aufgeschrieben hat, reißt er die Seite aus dem Heft, faltet sie zweimal zusammen und steckt sie mir in die Hosentasche. Jetzt, sagt er, bist du dran. Ich sage *Aber*, und Walter sagt *Nix aber* und daß ich ihm jeden Tag berichten muß. Alle Einzelheiten, am besten, sagt er, du schreibst es auf. Dann packt er mich am Arm und schiebt mich zur Tür. Man muß die Frauen schmieden, sagt er, solange sie noch warm sind, und ich denke, gleich lacht er wieder, aber Walter lacht nicht, auch nicht, als ich schon im Treppenhaus bin und die Tür zu und von drinnen nicht mehr als das Stampfen seiner Schritte. Zu Hause ziehe ich den Zettel aus der Tasche und streiche ihn glatt. Dann klebe ich ihn an den Kleiderschrank, dorthin, wo früher Kristina gehangen hat. Aber das ist lange her, so lange, daß es schon gar nicht mehr wahr ist, und wenn ihr Bild auf dem Holz nicht einen dunklen Rand gemacht hätte, dann müßte man sich gar nicht mehr an sie erinnern. Da muß man nicht böse sein, das ist der Lauf der Welt. Wenn du denken könntest, Kristina, würdest du das verstehen. Später steige ich auf mein Fahrrad und fahre hinaus auf die Felder. Einfach so, ohne Netz und ohne alles. Außer mir ist kaum ein anderes Fahrrad unterwegs, eigentlich gar keins, nur einmal ein Tandem mit einem Mann und einer Frau, und als es an mir vorbei ist, da denke ich, daß ich Natalie und mir auch einmal so ein Tandem kaufe. Dann sitze ich vorne und trete für uns beide, und Natalie sitzt hinter mir und muß gar nichts tun und kann sich an der Landschaft freuen. Und wenn wir dann so dahinsausen und der Wind durch ihre Haare wirbelt, da ist sie auch nicht mehr traurig, und wenn sie doch ein paar Tränen in den Augen hat, dann ist das nur vom schnellen Wind. Auf dem Heimweg komme ich bei Doktor Sander vorbei. Nur aus Zufall. Auf einmal sitzt er da, hinter einer Hecke in einem Garten und liest Zeitung, und seine Frau sitzt auf der Schaukel und lacht wie auf dem Bild auf seinem Schreibtisch. Doktor Sander sieht mich nicht, ein Glück sieht er mich nicht, sonst denkt er noch, ich spioniere ihm nach. Seine Frau schaukelt immer höher und lacht immer lauter, und auf einmal kommen die Kinder aus dem Haus gesprungen und rennen um die Wette. Immer im Kreis herum und immer um die Schaukel und kreischen, daß es eine Freude ist. Doktor Sander macht *Pscht* und legt den Zeigefinger auf die Lippen, aber keiner schert sich drum. Die Kinder rennen und kreischen weiter um die Wette und seine Frau lacht noch lauter als zuvor, und irgendwann gibt Doktor Sander auf und schüttelt den Kopf und steckt seine Nase wieder in die Zeitung, und daß er ein Glück hat, das sieht man auf einen Blick. Dann, ganz plötzlich, bleibt der Junge stehen. Er schaut in meine Richtung und streckt den Arm aus. Sein Zeigefinger zielt auf mich wie eine Pistole. Da, ruft er, ein Mann. Das Mädchen schaut seinem Finger hinterher und fängt an zu schreien. Ich verkrieche mich hinter die Hecke wie eine Feldgrille in ihr Erdloch. Das ist doch, höre ich Doktor Sander sagen, und dann höre ich auch schon seine Schritte im Gras. Ich versuche mit meinem Fahrrad zu fliehen, aber ich verhake mich beim Aufsteigen in den Pedalen, und bevor ich noch auf dem Sattel sitze, liege ich schon auf dem Boden. Im nächsten Augenblick greifen die Hände von Doktor Sander in die Hecke und ziehen sie auseinander wie einen Vorhang. Was soll das werden, faucht er mich an. Doktor Sander ist böse, richtig böse. Ich schüttle den Kopf und starre in die Hecke, und als ich irgendwann aus dem ersten Schreck aufgewacht bin und ihn anflehe, daß das alles nur ein Zufall ist und daß ich eine Fahrradtour gemacht habe und daß er mir das glauben muß, da wird er noch böser. Ich glaube, was ich sehe, sagt Doktor Sander, und als ich am nächsten Morgen zur Arbeit komme, da hat er schon einen Brief geschrieben. Von Achtung und Vertrauen und davon, daß ich nicht mehr erwünscht bin. Heißt das gefeuert, frage ich ihn, und Doktor Sander nickt und sagt: Ja, gefeuert. Er ist ganz ruhig, gar nicht mehr so aufgeregt wie gestern. Seine Stimme ist leise, fast nur ein Flüstern. Aber es war wirklich nur eine Fahrradtour, sage ich. Doktor Sander schüttelt den Kopf. Sie haben meinen Kindern angst gemacht, sagt er, so etwas nehme ich persönlich. Dann nimmt er mich beim Arm und bringt mich zur Tür. Ich sage *Aber*, aber Doktor Sander schüttelt nur ein zweites Mal den Kopf, und da weiß ich, daß es vorbei ist.

Als ich Walter am Abend erzähle, was passiert ist, fängt er an rumzuschreien. Er schreit, daß ich ein gottverdammter Idiot bin und daß er gesagt hat, daß ich dieser Frau auflauern soll und nicht meinem Chef und daß ich an allem selbst schuld bin. Walter schreit so laut, bis ihm wieder alle Rippen weh tun, und auch daran bin auf einmal ich schuld. Ich bin kein Idiot, sage ich. Bist du wohl, sagt Walter, wenn's dich nicht gäbe, gäb's das Wort gar nicht. Dann holt er eine Bierflasche aus dem Kühlschrank und macht sie auf. Später sagt Walter, daß ich mir das mit dem Rausschmiß nicht gefallen lassen darf und daß das gegen das Gesetz ist und daß Doktor Sander ja auch nicht der liebe Gott ist. Aber auch, wenn Walter damit recht hat, ist Doktor Sander immer noch Doktor Sander, und da kann das gegen das Gesetz sein, wie es will, ein Freund wird er mir nicht mehr, wo ich doch seinen Kindern angst gemacht habe. Da gibt es keine Zigarren mehr zusammen am Fenster und kein Klopfen auf die Schulter und keine netten Worte, und der Rest ist ein Trauerspiel. In der Nacht schlafe ich schlecht, aber am Morgen ist alles wie immer. Der Wecker klingelt, ich stehe auf, wasche mir das Gesicht am Waschbecken im Klo, ziehe mich an und gehe aus dem Haus. Auch draußen hat sich nichts verändert. An der Haltestelle warten dieselben Leute wie immer um diese Zeit, und auch der Busfahrer ist derselbe wie gestern. Ich steige ein, fahre fünf Stationen, nehme die Abkürzung über den Parkplatz, und schon bin ich da. Acht Uhr, pünktlich wie die Feuerwehr. In sieben Jahren kein einziges Mal zu spät, da kann Doktor Sander nur von träumen, wo er doch ständig zu spät kommt, wenn seine Kinder nur mal einen Schnupfen haben oder einen verstauchten Fußzeh. Oben ist noch alles dunkel. Ich könnte hinaufgehen und schon einmal nach dem Rechten sehen. Doktor Sander hat vergessen, mir den Schlüssel abzunehmen, aber dafür muß er schon zu mir kommen, da renne ich ihm nicht hinterher. Und wenn er klingelt, da lasse ich ihm den Schlüssel an einem Schnürchen aus dem Fenster herunter, und immer, wenn er danach greift, ziehe ich den Schlüssel ein bißchen nach oben, und Doktor Sander springt danach wie ein Hund nach einer Wurst. Und auf einmal gibt es einen Schrei, und Doktor Sander liegt auf dem Gehweg und hat sich vor lauter Springerei den Fuß verknackst. Und wie er da mit der linken Hand seinen Knöchel hält und mit der rechten in der Luft herumwedelt, da sieht er aus wie ein Fußballspieler, der eins auf die Knochen gekriegt hat. Dolf, ruft er nach oben, Dolf, so tun Sie doch etwas, und ich nicke und tue etwas. Ich schließe das Fenster und lege mich auf mein Bett. Eine Zeitlang höre ich noch das Stöhnen von Doktor Sander, aber dann bin ich eingeschlafen und träume davon, wie er am nächsten Tag mit seinem Gipsbein angehumpelt kommt und mit einer tiefen Verbeugung vor mir steht und sagt: Dolf, bitte verzeihen Sie mir, und ich sage, schon gut, Doktor Sander, schon gut, jeder macht mal einen Fehler, und dann nehme ich einen dicken Filzstift und schreibe meinen Namen auf seinen schneeweißen Gipsfuß. Und wie ich noch träume, da kommt auch schon der echte Doktor Sander mit schnellen Schritten vom Parkplatz auf den Eingang zugelaufen. Ich ducke mich hinter ein Auto, aber Doktor Sander hat nur die Tür im Blick. Er schließt auf, und schon im nächsten Moment ist er im Haus verschwunden. Ein paar Sekunden später geht oben das Licht an, und ich weiß genau, was er als erstes tut. Er geht in sein Zimmer, stellt seine Tasche hinter dem Schreibtisch ab, zieht seine Armbanduhr aus, schaut zum Bild seiner Frau, rückt es ein bißchen zurecht, wirft ihr einen Kuß zu, zieht seinen weißen Kittel an und seine Schürze, geht zurück in den Untersuchungsraum, schaut auf die Anzeige vom Kühlraum, nickt, geht an den Tischen vorbei zum Fenster und macht es auf. Auch Tote, sagt Doktor Sander, brauchen frische Luft. Eine Minute, spätestens nach einer Minute müßte er am Fenster sein. Eine Minute, länger wird es nicht dauern. Ich warte, aber Doktor Sander taucht nicht auf. Nicht nach einer Minute, nicht nach fünf Minuten und auch nicht nach einer Stunde. Ohne Pause schaue ich nach oben, so lange, daß ich schon einen Stich im Genick habe. Aber nichts, nicht einmal ein Zipfel von seinem weißen Kittel weht am Fenster vorbei. Doktor Sander ist ein feiner Mann. Jeder, sagt er, macht einmal einen Fehler. Und wenn er mich hier sieht, auf der Straße, direkt unter seinem Fenster, da wird er mich doch nicht einfach stehenlassen.

Meine Toten sind auch Ihre Toten, das hat er selbst zu mir gesagt, und daß ich der fleißigste Gehilfe bin, den er je gehabt hat. Aber Doktor Sander taucht nicht auf, und wenn er nicht auftaucht, dann kann er mich auch nicht nach oben winken und mir sagen, daß seine Kinder schon keine Angst mehr haben und daß man da noch mal ein Auge zudrücken kann. Und als er irgendwann doch auftaucht und das Fenster öffnet und mich stehen sieht, da habe ich im selben Moment eine Stimme am Ohr. Bitte, sagt die Stimme, können Sie das drüben für mich abgeben, ich möchte da nicht noch einmal hoch. Und wie ich mich umdrehe, da habe ich schon einen Umschlag in der Hand und sehe in ein Lächeln, schöner als alles in der Welt. Das Lächeln sagt *Danke* und dreht sich um und ist auch schon wieder verschwunden, und das einzige, was bleibt, ist der Umschlag in meiner Hand. Rotes Papier, so rot wie der Samt, den ich für sie gekauft habe, und darauf mit blauer Schnörkelschrift: *Für den kleinen Doktor*. Ich sehe ihr nach, den Gehweg entlang, dort, wo sie schon längst nicht mehr zu sehen ist. Ich zittere. Ich zittere wie der Fühler von einem Maikäfer. Ich zittere, so wie sie gezittert hat, in meinen Armen. *Für den kleinen Doktor*. Ich lese es immer und immer wieder. So lange, bis es keinen Zweifel mehr gibt, für wen der Brief ist. Schließlich ist Doktor Sander fast einen Kopf größer als ich, und wenn ich auch kein Doktor bin, dann habe ich doch einen weißen Kittel angehabt. Nein, da kann es keinen Zweifel geben, und als ich den Brief aufreiße, da ist es genauso, wie ich es gesagt habe. *Danke für Ihren Trost*, steht da. Und: *Über alles andere müssen wir nicht reden. Ihre Natalie de Bruyn*. Über alles andere müssen wir nicht reden. Ich weiß, was das bedeutet, da gibt es kein Vertun, und da fängt das Zittern von neuem an.

Walter meint, ich soll mir mal deshalb bloß keine grauen Haare machen. Hauptsache, sagt er, daß wir den Namen haben. Dann holt er das Telefonbuch, und der Rest ist ein Kinderspiel. Punkt 1, sagt Walter, du bleibst vor ihrer Tür sitzen, bis sie herauskommt, und Punkt 2: Vergiß nicht, daß du ein Doktor bist. Dann lacht er und hält mir eine Banane vor den Mund. Doktor Dolf, sagt er, lassen Sie uns nun über das Verlangen der Frau bei Vollmond sprechen. Ich sage *Was*, und Walter sagt *Nix was*, und daß man das Doktorsein schon ein bißchen üben muß. Also los, sagt er, und ich weiß nicht, was ich sagen soll, wo ich doch kein Doktor bin und auch nicht weiß, wie das geht. Jetzt stell dich nicht so an, sagt Walter, mußt nur ein bißchen klug tun, der Rest kommt von allein. Er hält mir die Banane noch dichter vor den Mund. Dazu schaut er ganz ernst und streng, geradeso, als ob die Banane wirklich ein Mikrofon ist und die Küche von Walter ein Radiohaus. Ich möchte zittern, weil wenn man zittert, dann haben die anderen ein Mitleid, aber ich zittere nicht und das bißchen Schwitzen sieht kein Mensch. Mach hin, sagt Walter, und ich mache hin und sage: Wenn der Vollmond durchs Fenster scheint, dann wird die Frau ganz wild. Walter schüttelt den Kopf. So wird das nichts, sagt er, und daß so ein Idiot redet und kein Doktor, und dann schleppt er mich aus der Wohnung und packt mich in sein Auto, und als er den Wagen anläßt, da weiß ich schon, wohin die Reise geht. Das Haus von Natalie ist gar nicht weit von Walter, drei, vier Ecken, dann sind wir da. Walter drückt mir sein Schönschreibheft in die Hand und sagt, daß ich alles aufschreiben muß. Um wieviel Uhr sie aus dem Haus geht, wann sie wieder heimkommt, wo sie einkauft, wo ihre Arbeit ist, was sie am Abend macht und was für ein Parfüm sie hat. Was für ein Parfüm sie hat, frage ich. Ja, was für ein Parfüm sie hat, sagt Walter, und daß das Parfüm das Ebenbild der Seele ist. Ich schaue Walter an. So hat er noch nie geredet.

Er sieht ein bißchen aus, als ob er träumt. Aber dann ist er plötzlich wieder wach und sagt: Alles aufschreiben, verstehst du, alles ist wichtig, und ich nicke, weil ich verstanden habe, aber als es am Abend dunkel wird, da ist das Heft noch immer leer und von Natalie kein Haar.

Den Brief von Natalie habe ich neben mein Bett gehängt. Festgesteckt mit zwei Insektennadeln. *Danke für Ihren Trost. Ihre Natalie de Bruyn.* Den Rest habe ich mit der Schere rausgeschnitten. Hinter das Loch habe ich ein kleines Stück vom roten Samt geklebt. So fällt es fast nicht auf. Und der Brief ist ein Brief, schöner geht nicht.

Plattbauch

Manchmal stehe ich nachts am Fenster und warte darauf, daß eine Sternschnuppe vorbeifliegt. Wenn eine Sternschnuppe vorbeifliegt, dann darf man sich etwas wünschen. Nur schnell muß man sein, ganz schnell, schneller als die Sternschnuppe verglüht ist, sonst bleibt einem der Wunsch im Hals stecken. Aber ich bin bereit, da kann die Sternschnuppe ruhig kommen. Und wenn ich meinen Wunsch dann flüstere, leise, ganz leise, ein einziges Wort nur, so leise, daß niemand es hört und ich meine Augen zukneife, so fest, daß es schon anfängt weh zu tun, dann geht der Wunsch vielleicht sogar in Erfüllung. Wie vor zwei Jahren, als ich mir einen Weihnachtsabend gewünscht habe, mit allem Drum und Dran, und am nächsten Tag hat mir Doktor Sander ein Extra-Geld gegeben, einfach so, ohne Grund, und da bin ich am Heiligen Abend in eine Wirtschaft gegangen und hab gegessen wie ein feiner Mann. Und als der Ober nach dem Essen *Noch einen Nachtisch?* und *Noch einen Schnaps?* und *Noch einen Kaffee?* gefragt hat, da habe ich dreimal *Ja* gesagt, und der Ober hat dreimal genickt und mir nacheinander einen Nachtisch, einen Schnaps und einen Kaffee gebracht, und als ich ihm am Ende noch ein Scheinchen zugesteckt habe, da hat er mir die Tür aufgehalten und ein frohes Fest gewünscht. Aber jetzt fliegen keine Sternschnuppen an meinem Fenster vorbei, seit Monaten nicht eine einzige. Es ist, wie wenn sie ausgestorben sind. Vielleicht ist auch nur die falsche Jahreszeit für Sternschnuppen, oder sie fliegen jetzt so tief, daß man sie hinter den Häusern nicht sieht. Da braucht es schon ein Glück, daß es eine bis über die Dächer schafft. Aber so ein Glück ist selten, und Weihnachten ist ja nicht jeden Tag.

Walter hat mir einen kleinen Campinghocker ausgeliehen. Den kann man zusammenklappen und unter den Arm klemmen. Damit sitze ich schräg gegenüber von Natalies Haus an der Bushaltestelle, geradeso, als würde ich auf den Bus warten. Wenn der Bus kommt, schaut der Fahrer zu mir hin, ob ich mitfahren will. Dann schüttle ich den Kopf und zeige auf meine Armbanduhr, und der Fahrer schüttelt auch den Kopf oder nickt oder macht gar nichts und fährt einfach los. Ich sitze und warte, aber Natalie taucht nicht auf. Vielleicht hat sie Urlaub, oder sie ist krank, oder sie ist weggezogen, in ein anderes Haus, vielleicht sogar in eine andere Stadt. Dann war ihr Brief ein Abschiedsbrief. *Danke für Ihren Trost. Über alles andere müssen wir nicht reden.* Wer redet schon gerne über Abschied, ein Abschied gibt doch immer Tränen, und Tränen hat Natalie in den letzten Wochen ganz bestimmt genug vergossen. Wie soll ich ihr da übelnehmen, wenn sie sich ganz still und leise davongemacht hat. Ich könnte hinübergehen und auf die Klingelschilder schauen, aber was, wenn sie doch da ist, wenn sie im selben Augenblick aus dem Haus kommt und mich stehen sieht und ihren Augen nicht traut: der kleine Doktor vor ihrer Haustür. Also das wäre ja nicht lustig, und am Ende denkt sie noch, daß ich bei ihr einbrechen will und eine Unzucht treiben und nicht, daß ich nur einmal kurz, ganz kurz hab auf die Klingelschilder schauen wollen, und mehr ist es nicht gewesen. Dann holt sie die Polizei, und es dauert nicht lange, und sie haben Doktor Sander am Telefon, und Doktor Sander sagt, daß ich seinen Kindern angst gemacht habe, hinter der Hecke, noch keine Woche her. Mit so einem, sagt er, ist nicht zu spaßen, und dann packen mich die Polizisten am Arm und stopfen mich in ihr Auto und nehmen mich mit aufs Revier, und was sie da alles mit mir machen, das möchte ich mir lieber nicht vorstellen. Da gibt es ein Verhör, und sie leuchten mir mit der Lampe ins Gesicht und lassen mich so lange nicht schlafen, bis ich alles zugegeben habe. Alles, was ich irgendwann einmal getan habe, und alles, was ich nie getan habe, und eine Gnade gibt es nicht. Als es schon dunkel ist, kommt Walter mit dem Auto. Und, fragt er durchs offene Seitenfenster. Ich glaube, sie ist weg, sage ich. Ach Quatsch, sagt Walter und steigt aus, und ohne noch einmal zu mir hinzusehen, geht er über die Straße. Als er drüben ist, sucht er die Klingelschilder ab. Erst findet er nichts, aber dann dreht er sich um und streckt den Daumen nach oben. Im selben Moment geht im Treppenhaus das Licht an. Ich springe auf und gebe Walter Zeichen, aber Walter kümmert sich gar nicht darum und drückt auf eine der Klingeln. Ich weiß nicht, was er jetzt schon wieder vorhat, ich weiß nur, daß ich da nicht dabeisein will. Am Ende sagt er Natalie noch ins Gesicht, daß der kleine Doktor auf der anderen Straßenseite auf sie wartet, seit Tagen schon, und daß er eine Sehnsucht hat, größer als der Himmel. Ich klappe meinen Hocker zusammen und renne davon, aber drei Straßen weiter hat mich Walter mit dem Auto eingeholt. Langsam rollt er neben mir her. Ganz gemütlich zündet er sich eine Zigarette an und bläst den Rauch durchs Fenster nach draußen. Dazu trommelt er mit den Fingern aufs Lenkrad, geradeso, als ob gar nichts wäre. Frag mich mal, sagt Walter schließlich, was es Neues gibt. Ich zucke mit den Schultern. Keine Ahnung, sage ich, ich weiß gar nicht, ob ich das wissen will. Walter tritt auf die Bremse, daß es quietscht. Sein Gesicht ist ganz rot. So nicht, Dolf, schreit er mich an, so nicht. Ich reiß mir hier nicht den Arsch auf, damit du ankommst und sagst, das interessiert dich nicht. Auf so 'ne Tour brauchst du mir nicht kommen, hörst du, nicht auf so 'ne Tour. Ist ja gut, sage ich, du mußt dich ja nicht so aufregen. Ich soll mich nicht aufregen, zischt Walter, du verarschst mich hier, und ich soll mich nicht aufregen? Ich klappe meinen Stuhl auseinander und setze mich auf den Gehweg. Also los, sage ich und schaue in Walters Fenster, wie in einen Fernseher. Walter nickt zufrieden und stellt den Motor ab, und nach ein paar Sekunden ist sein Gesicht schon gar nicht mehr so rot. Hör zu, sagt er, und dann erzählt Walter mir von Natalie, daß sie nicht weggezogen ist, daß sie nur ein paar Tage verreist ist, daß sie für eine Kosmetikfirma arbeitet und freitags immer frei hat und daß sie nachmittags manchmal in ein Café geht, das Bolero heißt. Na, sagt Walter, ist das was? Zwei Minuten, Dolf, zwei Minuten, und ich weiß mehr als du in zwei Tagen. *Aber*, sage ich, und Walter sagt *Nix aber* und daß er das alles von einer Nachbarin weiß, und daß ich da mal keine Angst haben muß, und von dir, sagt er, ist sowieso keine Rede gewesen. Walter lacht und startet den Motor. Jetzt, sagt er, bist du dran, ich kann dir ja nicht noch Händchen halten, wenn du bei ihr anklopfst. Dann gibt er Gas, und wie er davonbraust, gibt es einen Auspuffnebel. Ich huste und halte mir die Hände vors Gesicht, und wie der Nebel wieder weg ist, da steht ein alter Mann neben mir. Er hat einen Hut und einen Stock und einen Hund und guckt mich an wie ein Gespenst. Das geht nicht, daß Sie hier sitzen, sagt er und klopft mit seinem Stock gegen meinen Hocker. Sein Hund schnüffelt an meinen Füßen und knurrt ein bißchen. Es ist ein Versehen, sage ich. Der Mann mustert mich. In Ordnung, sagt er, aber von allein kommt so was nicht. Er schüttelt den Kopf und geht davon. Nur sein Hund schaut noch einmal zu mir zurück. Er sieht traurig aus. Aber vielleicht sieht im Laternenlicht jeder traurig aus, ein Hund genauso wie ein Mensch.

Die Mitsch sagt, daß ein Mann dagewesen ist. Groß und mit guten Manieren. Ein richtiger Herr, sagt sie, so was sieht man nicht jeden Tag. Und dann sagt sie, daß er von einem Schlüssel geredet hat und daß ich den Schlüssel schnell zurückbringen soll, weil es sonst ein neues Schloß kostet. Ich nicke und gehe aus dem Haus, aber den Schlüssel für Doktor Sander nehme ich nicht mit. Vielleicht ist es ein Glück, daß er mich rausgeschmissen hat, so habe ich mehr Zeit für Natalie. Am Vormittag kann ich ein Pfauenauge fangen gehen, und am Nachmittag warte ich im Bolero auf sie. Und wenn sie kommt, dann schaue ich ganz unauffällig zu ihr hinüber. Ich sehe ihr zu, wie sie sich setzt, wie sie sich einen Kaffee bestellt und dann ein Stück Kuchen, und wie sie sich mit der Gabel kleine Stücke in den Mund schiebt und nach jedem Happen die Krümel von den Lippen tupft wie eine feine Dame. Ab und zu schaut sie hoch und sieht im Café herum, ob da vielleicht jemand sitzt, den sie kennt, dem sie zuwinken und den sie an ihren Tisch rufen kann. Dann halte ich mir eine Zeitung vors Gesicht, damit sie mich nicht sieht, damit das alles nicht zu schnell geht, weil wer zu schnell aufs Ganze geht, der wird das Ganze nie bekommen. Und überhaupt ist mein Geschenk noch gar nicht fertig, und wenn Natalie mich eines Tages doch sieht und mir zuwinkt und mich an ihren Tisch ruft, da soll das Pfauenauge auf seinem Thron sitzen, ein König auf rotem Samt. Aber wie ich auf der Wiese bin, da ist die Luft still wie in einer Kirche, da fliegt nichts, und die Pfauenaugen sind ausgestorben wie die Sternschnuppen in der Nacht. Gegen Mittag geht mir an einem Tümpel ein Plattbauch ins Netz, ein großes Exemplar mit schönen gelben Flecken am Hinterleib. Aber wo das Pfauenauge ein König ist, da ist der Plattbauch ein Untertan, nicht mehr als ein Untertan, und so ein Untertan, den kann man vielleicht einer Mitsch schenken, aber ganz bestimmt nicht einer Natalie. Ich lasse den Plattbauch fliegen und sehe ihm nach, wie er sich über den Tümpel davonmacht, schnurgerade, ohne ein einziges Mal zur Seite zu schauen, so einen Schrecken hat er.

Am Nachmittag sitze ich im Bolero. Alles ist sehr vornehm, ein Kaffee kostet drei Euro, und die Kellner haben Schürzen bis zum Boden. Ich habe eingekauft: ein Duftwässerchen bei Karstadt und ein neues Hemd bei C&A. Nur die Hose ist noch die alte. Marke Vorkrieg, sagt Walter und daß die noch nicht einmal die Motten fressen. Aber was weiß

Walter schon, immer noch besser als die albernen Ziehharmonikahosen, die er mir mitgebracht hat. Auf der Sparkasse habe ich Geld abgehoben. Für alle Fälle, vielleicht sieht mich Natalie ja doch und ruft mich an ihren Tisch, dann ist es gut, wenn ich ein bißchen was in den Taschen habe. Vor mir liegt eine Zeitung, und als der Kellner kommt und mir meinen Kaffee bringt, da falte ich sie auf. In Amerika hat es eine Überschwemmung gegeben und in der Schweiz einen Bergrutsch und in der Stadt eine entgleiste Achterbahn und vom Messermörder noch immer keine Spur. Und wie ich das so lese, da bin ich schon ein bißchen traurig. Vielleicht hat Doktor Sander längst einen anderen Gehilfen und denkt schon gar nicht mehr an mich. So etwas geht ja schnell, und als ich die Zeitung zur Seite lege, da sitzt zwei Tische weiter Natalie und schiebt sich kleine Kuchenstücke in den Mund und tupft sich mit der Serviette die Krümel von den Lippen. Natalie blättert in derselben Zeitung wie ich. Ich kann das Bild von der Überschwemmung sehen und weiß, was als nächstes kommt: der Berg in der Schweiz, die Achterbahn und dann der Messermörder, und wie Natalie das große Zittern kriegt, da weiß ich, daß sie angekommen ist. Ich möchte hinübergehen, aber mein Körper ist steif wie eine

Leiche, bei der die Starre eingesetzt hat. Ein Kellner kommt und legt ihr zum Trost die Hand auf den Rücken, aber Natalie schüttelt ihn ab wie ein Ungeziefer. Dann springt sie auf und läuft aus dem Café. Der Kellner ruft ihr hinterher, daß sie noch zahlen muß, aber da ist Natalie schon weg. Als er später an meinen Tisch kommt, sage ich, daß ich für Natalie mitbezahlen möchte. Es war eine Einladung, wir haben uns verpaßt. Das glaube ich kaum, sagt der Kellner. Doch, sage ich, wir gehören zusammen. Er zuckt mit den Schultern. Na gut, sagt er, jedem seinen Traum. Dann holt er die Rechnung. Später, auf der Straße, drehe ich mich noch einmal um. Ein Trost ist nicht ein Trost, das kann der Kellner sich mal merken. Und was ein Traum ist, da muß mir keiner was erzählen.

Weberknecht

Ich schreibe einen Brief, an Natalie, in Schönschrift. Ich habe noch nie einen Brief geschrieben. Einmal eine Postkarte, an Walter, von einer Butterfahrt nach Helgoland. *Lieber Walter*, habe ich geschrieben, *mir geht es sehr gut, aber die anderen hängen über dem Geländer und kotzen ins Meer.* Und dann noch: *Ganz vorne sehe ich schon Helgoland. Schiff ahoi, Dein Dolf.* Die Karte habe ich drinnen im Laden abgegeben, aber angekommen ist sie nie. Schade, Walter hätte bestimmt eine Freude gehabt. Vielleicht schwimmt die Karte noch im Meer, aber irgendwann wird sie bestimmt an einen Strand gespült. Da bleibt sie liegen, bis sie einer findet, nur zum Lesen ist es dann zu spät, weil das Meer schon alle Worte weggewischt hat. Ich habe auch einmal eine Postkarte bekommen, von Doktor Sander, aus dem Urlaub, aus Österreich. Er hat geschrieben, daß es ihm gutgeht und daß sein Sohn einen Husten hat und daß sie die Berge sehen, wenn sie auf dem Balkon sitzen. Und darunter: *Berg heil, Ihr Rolf Sander*. Eine Postkarte ist ein Kinderspiel. Man schreibt einfach, wie es einem geht und wie es den anderen geht und was man sieht und dann noch einen Spruch, und schon ist die Karte fertig. Aber jetzt schreibe ich einen Brief, und ein Brief ist eine ganz andere Geschichte. Wenn man einen Brief schreibt, braucht man einen guten ersten Satz. Ohne einen guten ersten Satz muß man gar nicht erst anfangen. Und wenn man einen guten ersten Satz gefunden hat, dann braucht man einen guten zweiten Satz und dann einen guten dritten, weil wenn man keine guten Sätze hat, dann kann man den Brief auch gleich zerknüllen und in den Papierkorb werfen. Ich habe mir bei Karstadt Briefpapier gekauft, eine ganze Packung weißes Briefpapier. Und fünfzig Seidenumschläge. Und einen Füller. Kleckst nicht, kratzt nicht, schreibt immer, hat der Verkäufer gesagt und daß ich mir für drei Euro meinen Namen eingravieren lassen kann. Ein Füller, hat er gesagt, ist wie ein guter Freund. Dann hat er gelächelt und den Füller auf seine Handfläche gelegt wie auf ein Tablett. Den Namen habe ich mir trotzdem nicht eingravieren lassen. Für die drei Euro habe ich lieber noch einen Kaffee im Bolero getrunken. Natalie war nicht da, nur der Kellner vom letzten Mal, aber erkannt hat er mich nicht. Zu Hause habe ich mich gleich hingesetzt. Ich habe meinen Tisch leergeräumt und das Papier draufgelegt. Der Name, mit dem Namen fängt alles an. Der Name ist das allerwichtigste. Wenn man beim Namen etwas falsch macht, kann man das gar nicht mehr gutmachen. Noch nicht einmal, wenn man die besten Sätze der Welt hat. Ich schraube meinen Füller auf, *kleckst nicht, kratzt nicht, schreibt immer*, aber noch bevor ich ein einziges Wort geschrieben habe, sind schon meine Finger blau. Eine Sauerei ist das, und dann tropft es auch noch auf den Tisch, und bis ich alles weggewischt habe und wieder an meinem Tisch sitze, da muß ich mit dem Nachdenken noch einmal von vorne anfangen. An der Tür klingelt es dreimal und dann noch dreimal, aber ich mache nicht auf. Am besten ich schreibe den ganzen Namen, *Liebe Natalie de Bruyn*, ganz ordentlich und ohne Kleckse, aber wie ich es geschrieben habe, da weiß ich schon nicht mehr, ob es gut ist. Wenn gleich das erste Wort Liebe ist, dann will Natalie vielleicht vom Rest gar nichts mehr wissen, weil ihr das mit der Liebe viel zu schnell geht, und dann bekomme ich das Ganze nie, weil das Ganze nur bekommt, wer nicht aufs Ganze aus ist. Ich zerknülle das Blatt und versuche es neu. Ich schreibe *Guten Tag Frau de Bruyn*, aber bevor ich noch ein Ausrufungszeichen dahintergesetzt habe, habe ich es schon wieder durchgestrichen. Guten Tag sagt man in der Bäckerei oder beim Zahnarzt oder an der Frittenbude. Guten Tag sagt man nicht, wenn man einen Brief schreibt. Vielleicht *Hallo Natalie*, aber Hallo sage ich zu Walter, *Hallo Walter*, sage ich und Walter sagt *Hallo Dolf*, und daß ich zu Natalie dasselbe sage wie zu Walter, also das ist ganz bestimmt keine gute Idee. Und wie ich auch mein drittes Blatt zerknüllt habe, fällt mein Blick auf den roten Brief über meinem Bett. Natalies Brief. Für den kleinen Doktor. Leise, ganz leise spreche ich ihre Worte vor mich hin: *Danke für Ihren Trost. Ihre Natalie de Bruyn.* Immer und immer wieder: *Ihre Natalie de Bruyn.* Tausendmal. Und da weiß ich es. Ich nehme meinen Füller und schreibe auf ein neues Blatt Papier, schreibe in der schönsten Schrift, die man sich nur denken kann, schreibe: *Meine Natalie de Bruyn!* Ich lehne mich zurück. Vier Worte, mehr muß es für den Anfang gar nicht sein, der Rest kommt von ganz allein. Ein Brief braucht Zeit, viel Zeit, da gibt es keine Eile, und wie ich meinen Füller zuschraube und mich ins Bett lege, da bin ich fast ein bißchen glücklich.

Mein Brief an Natalie ist nicht sehr lang geworden, aber mehr ist mir nicht eingefallen. Das heißt, eigentlich schon, nur das meiste habe ich gleich wieder durchgestrichen. Walter habe ich den Brief nicht gezeigt. Wozu auch, Walter sagt, Worte sind Zeitverschwendung. Ich glaube, er hat noch nie einen Brief geschrieben. Wahrscheinlich noch nicht einmal eine Postkarte, dabei war er schon oft verreist. Einmal sogar in Amerika, aber noch nicht mal von da hat er mir geschrieben. Mein Brief an Natalie hat genau 58 Worte. Ich weiß nicht, ob 58 eine Glückszahl ist, aber eine Unglückszahl ist es auch nicht. Walter hat gesagt, daß es im Flugzeug keine Reihe 13 gibt, weil keiner auf einer Unglückszahl sitzen will. Von der Reihe 58 hat er nichts erzählt, aber vielleicht ist ein Flugzeug auch gar nicht so lang. Dann hat mein Brief mehr Worte wie ein Flugzeug Reihen und vielleicht sogar mehr Buchstaben wie es Sitze gibt. Das gefällt mir. Weil es Kleckse gegeben hat, habe ich den Brief fünfmal schreiben müssen, aber dann war er fertig. *Meine Natalie de Bruyn! Ich habe ein Geschenk für Sie. Es ist noch nicht ganz fertig, aber wenn es fertig ist, wird es sehr schön sein. Wenn ich Sie sehe, sind Sie wie eine Betäubung für mich. Dann möchte ich am liebsten gar nicht mehr aufwachen. Oder nur, wenn Sie noch da sind. Viele Grüße, Ihr kleiner Doktor.* So habe ich es geschrieben. Dann habe ich den Brief vorsichtig mit Löschpapier abgetupft, zusammengefaltet und in einen Umschlag gesteckt. Vorne drauf habe ich *Für Frau Natalie de Bruyn* geschrieben, aber hinten, da wo man den Absender hinschreibt, da habe ich freigelassen. Der Brief soll ja eine Überraschung sein, und wenn Natalie schon vor dem Aufreißen weiß, von wem er ist, dann ist die Überraschung ja nur noch die Hälfte wert. Wenn sie den Briefkasten öffnet, liegt da einfach ein Brief, *Für Frau Natalie de Bruyn*, ein ganz normaler Brief, nur daß er einen besonders feinen Umschlag hat und daß der Name in Schönschrift geschrieben ist. Da stutzt sie ein bißchen und wird neugierig, weil so einen schönen Brief bekommt man ja nicht jeden Tag. Sie schaut ihn an, betastet den Umschlag, dreht ihn um, findet keinen Absender, liest noch einmal ihren Namen, fährt mit den Fingern über die Schrift, und weil sie es irgendwann vor lauter Neugier gar nicht mehr aushält, reißt sie den Umschlag noch im Treppenhaus auf. Und wie sie den Brief herauszieht und anfängt zu lesen, vier Worte nur, da ist es eine Überraschung, da muß sie gar nicht weiterlesen, da lacht sie, da weiß sie, der kleine Doktor hat geschrieben.

Den Rest vom Brief hebt sie sich auf. Sie springt die Treppenstufen nach oben, öffnet die Wohnungstür, wirft ihre Jacke über den Stuhl und macht es sich auf dem Sofa bequem. Vielleicht holt sie sich vorher noch ein Glas Orangensaft oder ein Glas Sekt und legt eine Musik auf, damit es eine schöne Stimmung ist. Erst dann nimmt sie den Brief ein zweites Mal aus dem Umschlag, langsam, ganz langsam, faltet ihn vorsichtig auf und liest ihn, wie sie noch nie einen Brief gelesen hat. Fünfmal, so oft, wie ich ihn geschrieben habe, und da kriegt auch ihr Herz eine Sehnsucht und ihr Kopf eine Betäubung, und sie denkt an den Trost, den ich ihr gegeben habe und daß man so einen Trost am liebsten gar nicht mehr losläßt. So müßte es sein, so und nicht anders, und wie ich mir das alles vorstelle, da bin ich der glücklichste Mensch auf der ganzen Welt. Aber wie ich gerade so glücklich bin, fällt mir ein, daß sie doch gar nicht weiß, wo ich wohne. Ich reiße den Umschlag auf und schreibe klein, ganz klein meinen Namen und meine Straße und meine Hausnummer an den Rand und dahinter, in Klammern, *3x klingeln*. Spät in der Nacht laufe ich zu ihrem Haus. Ich warte an der Bushaltestelle, bis alle Lichter ausgegangen sind, dann schleiche ich mich hinüber und werfe meinen Brief ein. Der Briefkasten klappert ein bißchen, und wie ein Auto um die Ecke kommt, da renne ich, so schnell mich meine Füße tragen.

Am Morgen sagt die Mitsch, daß sie mir auf die Schliche gekommen ist. Was für eine Schliche, frage ich. *Die* Schliche, sagt die Mitsch und hält mir einen aufgerissenen Umschlag hin. Vorne drauf lese ich meinen Namen und meine Adresse, wie auf der Karte aus Österreich. Wollen Sie mir verraten, sagt die Mitsch, wie Sie ohne Arbeit die Miete bezahlen wollen? Ihre Stimme ist ganz freundlich und leise, viel freundlicher und leiser als sonst. Ein bißchen lächelt sie sogar. Ich schüttle den Kopf. Das ist meine Post, sage ich. Die Mitsch nickt und drückt mir den Brief in die Hand. Richtig, sagt sie, und das ist meine Wohnung, und dann sagt sie, daß ich meine Sachen packen soll, weil es keinen Aufschub mehr gibt und überhaupt, daß sie ja nicht die Mutter Teresa ist. Zwei Tage, was dann nicht draußen ist, kommt in den Sperrmüll, und wie sie das sagt, da ist ihre Stimme auf einmal gar nicht mehr freundlich, da ist ihre Stimme laut und so wie immer. Zwei Tage, frage ich, und die Mitsch nickt und sagt: Ja, zwei Tage.

Natalie kommt nicht. Ich warte den ganzen Tag in meinem Zimmer, aber es klingelt kein einziges Mal. Immer wieder schaue ich aus dem Fenster auf die Straße. Vielleicht habe ich meinen Namen zu klein geschrieben oder die Straße oder die Hausnummer, oder Natalie hat noch gar nicht in ihren Briefkasten geschaut. Vielleicht sieht sie erst abends rein, wenn sie von der Arbeit nach Hause kommt, aber am Abend kommt sie auch nicht. Dabei sind es nur zehn Minuten von ihr zu mir, mit dem Fahrrad noch nicht einmal fünf. Ich weiß ja nicht, ob Natalie ein Nachtmensch ist, aber wie zehn vorbei ist, glaube ich nicht mehr, daß sie noch kommt. Draußen klappert die Mitsch herum, als ob es mitten am Tag ist. Vielleicht packt sie schon die Sachen, mit denen sie in mein Zimmer zieht. Später, als ich schon fast schlafe, klingelt es dreimal an der Tür. Mit einem Satz springe ich aus dem Bett und greife nach meiner Hose, aber beim Reinsteigen komme ich mit den Beinen durcheinander und zack, hat es mich hingehaut. Und wie ich noch zapple wie ein Käfer, der auf den Rücken gefallen ist, sehe ich, wie an der Tür schon die Klinke heruntergedrückt wird. Natalie, um Himmels willen, Natalie, aber wie die Tür aufgeht, da ist da keine Natalie, da ist da ein Walter, groß und dick, wie er nun einmal ist, steht er in der Tür und heult wie ein Schloßhund. Ich versuche mich aufzurappeln, und als ich es endlich geschafft habe, sitzt Walter schon auf meinem Bett. Im Flur macht die Mitsch einen langen Hals, aber mit ein paar Schritten bin ich an der Tür und haue sie ihr vor der Nase zu. Brauchst du Tempo, frage ich, aber Walter schüttelt nur den Kopf und bleibt stumm wie ein Weberknecht. Walter hat noch nie geheult, kein einziges Mal, seit ich ihn kenne. Da muß was passiert sein, denke ich, und wie ich ihn frage, nickt er und sagt nur: Mutter. Tot, frage ich, und Walter sagt: Ja, tot. Ich setze mich neben ihn aufs Bett und lege meinen Arm um seine dicken Schultern, aber Walter heult weiter, geradeso, als ob ich ihm kein bißchen ein Trost bin. Und wie ich da so sitze und ihm die Schulter halte und Walter gar nicht mehr aufhört mit dem Heulen, erzähle ich ihm von Natalie und daß ich ihr einen Brief geschrieben habe, in Schönschrift, und daß ich ihn ihr direkt in den Kasten geworfen habe und daß sie mich bestimmt bald besuchen kommt, vielleicht, sage ich, schon morgen, aber das macht Walter auch keine gute Stimmung. Tut mir leid, sagt er und wischt sich mit den Hemdenärmeln die Tränen aus dem Gesicht, aber deine Natalie interessiert mich jetzt einen Dreck. Ich dachte ja nur, sage ich, und Walter sagt: Ich auch, und dann erzählt er mir von seiner Mutter und daß sie eigentlich schon zehn Jahre tot ist, kein Wort, sagt Walter, verstehst du, zehn Jahre kein einziges Wort. Dann heult er wieder, und ich lasse ihn heulen, weil heulen ja auch mal ganz gut ist, und weil ich schon wieder an Natalie denke, an ihr Blumenkleid, an ihren Brief, an ihre Tränen und an ihre Haut so weich wie Samt. Walter neben mir sagt nichts mehr, und wie er sich später auf meinem Bett ausstreckt, da hört auch mal das Heulen auf, und ein paar Sekunden später schnarcht er schon zum Gotterbarmen. Da liegt er, und wo ein Walter liegt, da ist kein Platz für einen anderen. Ich mache das Licht aus und lege mich auf den Boden, ohne Decke, ohne alles, und nur unter den Kopf stopfe ich mir meine Jacke, damit ich es wenigstens da ein bißchen weich habe. Trotzdem kann ich nicht schlafen. Ich höre in die Stille. Walter hat aufgehört zu schnarchen. Sein Atem geht gleichmäßig und schwer. Manchmal wimmert er ein bißchen, aber das ist schnell wieder vorbei. Ich weiß nicht, wie lange ich so daliege, aber irgendwann tut mir der Rücken weh, und als ich auch noch anfange zu frieren, da stehe ich auf und piekse Walter in den Bauch. Er grunzt ein bißchen, aber dann wälzt er sich tatsächlich ein Stückchen zur

Seite, gerade genug, daß ich mit verkreuzten Armen neben ihm liegen kann. Ich kann mich nicht bewegen, aber wenigstens ist es weich, und ein Stück Decke habe ich auch. Schlafen kann ich trotzdem nicht. Ich habe noch nie mit jemand in einem Bett gelegen, aber wenn ich einmal neben Natalie liege, da kann es mir so eng sein wie es will. Wie Mann und Frau liegen wir dann und halten uns bei der Hand, und wenn Natalie nicht schlafen kann, dann singe ich ihr ein Lied. Als Walter wieder das Schnarchen anfängt, stehe ich auf und gehe zum Fenster. Der Himmel ist bewölkt, kein einziger Stern ist zu sehen. Auf der Uhr an der Bushaltestelle ist es halb drei. Die Straße ist leer, keine Autos, keine Menschen, nichts. Was ist, sagt Walter und dreht sich schnaufend auf die Seite. Falscher Alarm, sage ich. Walter nickt in die Dunkelheit. Jetzt, sagt er, kommt sie auch nicht mehr.

Federgeistchen

Walter ist mit dem Auto weggefahren, weit fort, dorthin, wo seine Mutter gelebt hat. Wenn er sie schon zehn Jahre nicht mehr gesehen hat, sagt er, will er sie wenigstens ordentlich in die Erde bringen. Walter hat mir den Schlüssel für seine Wohnung gegeben. Ich kann bleiben, sagt er, bis ich was gefunden habe. Viermal bin ich mit dem Fahrrad gefahren, bis alles drüben war. Zum Glück gehören die Möbel der Mitsch, sonst hätte ich am Ende noch einen Lastwagen holen müssen. Die Mitsch ist an der Tür gestanden, als ich die Sachen aus dem Zimmer geräumt habe, geradeso, als ob sie hat schauen wollen, daß ich nichts mitnehme. Zum Abschied hat sie mir die Hand gegeben und gesagt, daß ich eigentlich ja doch ein rechter Kerl bin. Nur das Käferzeugs und die Bilder an der Wand, da ist sie schon froh, daß das endlich aus dem Haus kommt. Ich lasse sie reden, was hilft es schon, jetzt, wo ich eh weg bin. Bei Walter packe ich erst einmal meine Taschen aus. Die Anziehsachen lege ich auf die Kommode, meine Jacke hänge ich an die Garderobe im Flur und meine Käferkalender schiebe ich unters Sofa. Walter hat gesagt, es muß alles ordentlich sein, wenn er wiederkommt. Meine Heftchen und Poster habe ich weggeworfen, sonst macht Walter wieder seine Witze und überhaupt, was soll ich jetzt noch damit, jetzt, wo ich Natalie habe. Auf dem Sofa liegt ein Kissen und eine dicke Zudecke mit richtigen Federn drin. Als ich mit der flachen Hand draufklopfe, kommen ein paar herausgehuscht und fliegen wie Federgeistchen durch die Luft. Meine Tiere lege ich auf den Küchentisch, da können sie bleiben, bis Walter wiederkommt. Vom Rütteln auf dem Fahrrad ist der Flügel vom Pfauenauge noch ein bißchen mehr kaputtgegangen. Jetzt sieht man den Riß schon auf den ersten Blick. Ein neues Pfauenauge habe ich noch immer nicht gefangen, und das, obwohl ich so oft auf der Wiese war. Es ist wie verhext, das eine Mal gibt es keine, das andere Mal nehmen sie vor mir Reißaus. Am Nachmittag mache ich einen neuen Versuch, aber alles, was mir vor die Augen kommt, ist ein Landkärtchen und ein Aurorafalter. Erst auf dem Heimweg, als ich mit dem Fahrrad schon wieder in der Stadt bin, taucht auf einmal ein Pfauenauge auf.

Mitten zwischen den Häusern, direkt vor meinem Lenker flattert es einsam und verlassen durch die Straßen. Auf der Stelle halte ich an und schnappe mir mein Netz vom Gepäckträger, aber bevor ich es noch richtig aufgeklappt habe, ist das Pfauenauge auch schon nach links in eine Seitenstraße abgebogen. Ich schaue ihm hinterher, und wie ich im nächsten Moment die Verfolgung aufnehme, da quietscht es von allen Seiten. Eine Stoßstange kommt nah, ganz nah an mein Hosenbein heran, und als ich kurz hochschaue, da sehe ich, wie hinter der Windschutzscheibe eine Frau einen Riesenschrecken hat. Irgendwo ruft einer *Idiot*, aber dafür habe ich jetzt keine Zeit. Der Schmetterling hat schon einen weiten Vorsprung, und ich muß mich beeilen, wenn ich ihn noch einholen will. Aber wie ich ihn endlich wieder vor dem Lenker habe und schon mein Netz ausfahre, um ihn aus der Luft zu angeln, da macht er plötzlich einen Schlenker und mein Netz fischt ins Leere. Ums Rumgucken fliegt er über dem Gehweg weiter, an einer Bäckerei vorbei und an einem Friseurgeschäft, und wie er noch um eine Litfaßsäule herumgeflogen ist, da setzt er sich vor einem Blumenladen auf eine Margerite, geradeso, wie wenn er auf seiner Wiese wär. Ich stelle mein Fahrrad am

Straßenrand ab und schleiche mich an, aber wie ich schon fast Aug in Aug mit ihm bin, da fliegt er auf und flattert zurück auf die Straße. Im Fenster vom Blumenladen sehe ich mich stehen. Und wie ich mich so stehen sehe, mit meinem Netz in der Hand und Schwitzflecken am Hemd und ein Gesicht rot wie ein Luftballon, da sehe ich aus wie ein Idiot. Das Pfauenauge fliegt zurück, woher wir gekommen sind, und wenn es könnte, dann würde es jetzt lachen. Hohn und Spott würde es lachen, Hohn und Spott, daß ich ausgerechnet auf der Straße ein Pfauenauge fangen will, aber so leicht lasse ich mich nicht kleinkriegen. Ich schnappe mir mein Fahrrad und mache mich ein zweites Mal auf die Verfolgung, und wie ich es fast habe und mein Netz schon an seinen Flügeln kratzt, da taucht vor mir auf einmal ein Schatten auf. Ich weiß nicht, woher er kommt und wohin er will, er ist einfach da, genau vor meinem Lenker, und das einzige, was ich erkenne, sind zwei aufgerissene Augen und eine hellblaue Tasche, die der Schatten in der Hand hält, und schon im nächsten Augenblick macht es einen Schlag und es hat uns übereinandergehaut. Es tut nicht weh, gar nicht weh, nur der Mann stöhnt, als wären all seine Knochen zerknackst. Ich liege auf dem Rücken und schaue in den Himmel.

Es regnet Geldscheine, mitten aus dem Himmel regnet es Geldscheine. Zwanziger, Fünfziger, Hunderter. Wie geht denn das, denke ich, Geld aus dem Himmel? Zwischen den Scheinen erkenne ich das Pfauenauge. Lautlos fliegt es in die Wolken, höher und höher, bis es irgendwann nur noch ein winziger Punkt ist. In der Ferne höre ich eine Polizeisirene. Nicht lange, und sie ist ganz nah, direkt an meinem Ohr. Einer ruft: Da liegt er! Dann mache ich die Augen zu und schlafe ein.

Als ich wieder aufwache, habe ich ein bißchen Kopfweh, aber das ist nicht schlimm, gar nicht schlimm. Natalie ist bei mir. Sie beugt sich über mich und schaut mir in die Augen. Sie hat einen weißen Kittel an. Ihre Haare sind ein bißchen dunkler geworden und ihre Augen auch, aber sonst ist alles gleich. Auf ihrer linken Brust steht ihr Name, rot, in schönen, runden Buchstaben. Hören Sie mich, flüstert sie mir zu, ich bin Schwester Martina. Sie klopft ganz sanft auf die Bettdecke, dann nimmt sie meine Hand. Sie nickt, und ich nicke auch, und als sie fertig ist mit meiner Hand, da hält sie mir eine Zeitung vors Gesicht. *Bankräuber mit Schmetterlingsnetz gefangen*, liest sie mir die großen Buchstaben vor, geradeso, als ob ich nicht selbst lesen kann. Daneben ist ein Bild von mir, ein bißchen unscharf, aber dafür in Farbe. Sie sind berühmt, sagt die Schwester. Ich schaue in ihr Gesicht, sehe ihr Lächeln, ihre dunklen Haare, ihre braunen Augen, schaue auf ihren Kittel, auf die schönen, roten Buchstaben. Sie sind nicht Natalie, sage ich. Die Frau schüttelt den Kopf. Schlafen Sie, sagt sie, ich komme später noch mal. Sie zwinkert mir zu und legt die Zeitung auf das Nachttischchen neben meinem Bett. Dann weht sie mit ihrem Kittel aus der Tür. Kaum ist sie draußen, steht Walter im Zimmer. Er hat einen Strauß Blumen in der Hand und sieht auch sonst ziemlich herausgeputzt aus. Mensch, Dolf, sagt er, ein Tag aus dem Haus, und schon machst du Dinger. Er deutet auf die Zeitung und setzt sich aufs Bett, daß alles ganz schief wird. Weißt du, was das ist, fragt er. Walter packt mich mit seinen Riesenpranken an den Schultern und schüttelt mich, daß es weh tut. Jetzt kannst du abräumen, sagt er, das ist. Sein Gesicht strahlt und davon, daß er vor ein paar Tagen noch traurig war wie ein Kind, keine Spur. Bitte, sage ich, aber Walter läßt nicht los. Später kommt ein Mann und macht Fotos, von mir und von Walter, aber am nächsten Tag ist wieder nur mein Bild in der Zeitung. Daneben steht: *So habe ich den Bankräuber geschnappt*. Walter liest mir vor, wie es gewesen ist.

Daß ich zufällig vor der Bank war, als der Bankräuber rausgerannt kam, daß ich sofort auf mein Fahrrad gestiegen bin, daß ich mich nicht habe abschütteln lassen, daß ich ihn dann an einer Kreuzung überholt und mein Netz ausgeklappt habe und daß der Rest eigentlich ein Kinderspiel war. Aber das stimmt doch gar nicht, sage ich zu Walter, als er fertig ist, aber Walter winkt nur ab und sagt, daß das einerlei ist. Stell dir lieber mal vor, sagt er, wer das alles liest, und wie ich mir das vorstelle, da ist es auch mir einerlei. Ich stelle mir vor, wie Doktor Sander am Morgen an seinem Schreibtisch die Zeitung aufschlägt, wie die Mitsch den Mund nicht mehr zukriegt und wie Natalie Tränen in den Augen hat. Steht da auch, frage ich Walter, in welchem Krankenhaus ich bin, und Walter nickt und sagt: Mit Hausnummer und Telefon. Aber am nächsten Tag schicken sie mich heim und sagen, daß ich nur noch ein bißchen liegen muß, und mehr kann man gar nicht tun.

Vielleicht ist alles ganz anders. So ein Netz ist ja viel zu groß für einen Schmetterling. Das Netz darf nicht größer sein als der Kopf. Sonst ist es zu einfach. Besser noch man holt die Schmetterlinge gleich mit einer Steinschleuder vom Himmel. Da muß man ein Händchen haben. Da darf man kein Idiot sein. Statt mit Steinen schießt man mit Erbsen, damit der Schmetterling nicht auf der Stelle zermatscht wird. Sonst taugt er nicht mehr als Geschenk. Für Natalie. *Hier, für Sie, ich habe ihn mit einer Erbse geschossen.* Der Schmetterling sitzt auf seinem roten Thron und lächelt sie an. Er ist glücklich, so glücklich wie nie in seinem Leben, aber wer will ihm das verdenken. Die Erbse hebe ich in einer kleinen Büchse auf. Davon bekommt der Schmetterling zu essen, wenn er hungrig ist. Oder traurig, einfach nur traurig. Aber das kommt selten vor. Die Stelle, wo ihn die Erbse getroffen hat, tut noch ein bißchen weh. Ein paar Tage, dann ist es auch damit vorbei.

Bei Walter kommen viele Leute zu Besuch und einmal sogar ein Mann von der Polizei. Wahrscheinlich, sagt er, bekomme ich eine Belohnung. Wieviel, fragt Walter, aber der Mann sagt, daß er da mal nicht zuviel versprechen will. Die anderen, die kommen, schleppt Walter an. Er sagt, daß wenn man berühmt ist, die Leute einen sehen wollen und daß in seiner Wohnung jeder willkommen ist, wenn's sein muß, sogar der Papst. Ich bin mir nicht sicher, aber ich glaube, Walter bekommt Geld von den Leuten. Im Flur gibt es immer ein Flüstern, erst dann kommen sie herein. Alle fragen mich, wie das mit dem Bankräuber gewesen ist, und dann erzähle ich es genauso, wie es in der Zeitung gestanden hat. Warum eine langweilige Geschichte erzählen, sagt Walter, wenn's eine spannende gibt. Manchmal setzt sich einer der Besucher zu mir aufs Sofa, und Walter macht ein Foto von uns. Dann muß ich mein Netz in die Hand nehmen und lächeln wie ein Filmschauspieler, der gerade einen Orden bekommt, auch dann, wenn mir gar nicht nach Lächeln zumute ist, weil es in meinem Kopf hämmert wie in einem Bergwerk, und weil ich Angst hab, daß das nicht mehr aufhört, ein Leben lang. Walter hat extra eine Schnellbildkamera gekauft, damit die Leute nicht lange auf ihr Foto warten müssen. Bevor er es aus der Hand gibt, zeigt er es immer erst mir und fragt mich, ob ich einverstanden bin. Walter sagt, daß es so einen besseren Eindruck macht. Am ersten Tag kommen sieben Leute und am zweiten drei. Nur Natalie taucht nicht auf. Wie denn, sagt Walter, sie weiß ja gar nicht, wo du bist. Trotzdem stehe ich heimlich auf, wenn Walter aus dem Zimmer ist, und schaue runter auf die Straße. Vielleicht hat sie im Krankenhaus nachgefragt oder bei der Mitsch, oder es hat sich auf der Straße schon herumgesprochen, wer mir Obdach gegeben hat, jetzt, wo ich ein bißchen berühmt bin. Aber sie kommt nicht, und weil ich so oft aufstehe, wird das Hämmern in meinem Kopf immer schlimmer. Einmal schaut eine Frau von der Straße zu mir hoch und winkt mir zu. Ich winke zurück, auch wenn sie Natalie kein bißchen ähnlich sieht.

Am Abend bringt Walter mir Suppe ans Bett, mit Erbsen und mit Hühnerstückchen. Er setzt sich gegenüber vom Sofa auf den Sessel und legt die Beine auf den Tisch. Läuft gut, sagt er. Was, frage ich, was läuft gut. Alles, sagt Walter, wart nur ab, kommst schon auf deine Kosten. Später klingelt es noch einmal an der Tür. Walter macht auf. Es gibt ein Flüstern im Flur, aber im Zimmer taucht niemand auf. Ich bin schon fast eingeschlafen, da geht bei Walter nebenan das Gestöhne los. Jemand quiekt wie ein Schwein, und dann ist wieder Ruhe, aber mitten in der Nacht fängt es von neuem an und dann noch einmal, und wie Morgen ist, da kommt eine halbnackte Frau ins Wohnzimmer und macht mit Walters Kamera ein Foto von mir. Ich darf doch, sagt sie, und bevor ich noch antworten kann, hat sie auch schon abgedrückt.

Ich bin allein in der Wohnung. Walter ist zur Arbeit gegangen. Die Frau ist schon vorher fort. Im Flur hat sie mit Walter rumgebrüllt, und dann ist die Tür geflogen. Auf dem Küchentisch finde ich das Foto, das sie von mir gemacht hat. Ich sehe ein bißchen klein aus unter der großen Zudecke, aber erkennen kann man mich schon. In der Küchenschublade finde ich einen schwarzen Filzstift. Ich drehe das Bild um und schreibe meinen Namen drauf und gleich daneben die Adresse von Walter. Obwohl ich Verbot habe, ziehe ich mich an und gehe runter auf die Straße. Erst tut mein Kopf noch weh, aber wie ich an der Bushaltestelle gegenüber von Natalies Haus stehe, da sind die Schmerzen wie weggeflogen. Mein Foto habe ich in der Jakkentasche. Immer wieder fasse ich hinein, ob es noch da ist. Ich könnte hinübergehen und es Natalie in den Briefkasten werfen, und wenn sie nach Hause kommt und den Briefkasten aufmacht, da kommt ihr als erstes mein Bild entgegen. Aber ich traue mich nicht, wo es doch noch nicht einmal Mittag ist und hell und die Straßen voll wie an Schlußverkauf. Und wie ich da stehe und zu Natalies Haus schaue, da fällt mein Blick in den Abfalleimer an der Bushaltestelle. Obenauf liegt ein zusammengeknüllter Brief und ein zerrissener Umschlag mit zerrissenen Buchstaben. Und wie ich nach dem Brief greife und ihn auseinanderfalte und glattstreiche, da reicht es, daß ich die ersten vier Worte lese. Vier Worte nur, in Schönschrift, vier Worte und ein Ausrufungszeichen, mehr muß es gar nicht sein, und mein Kopf zerplatzt in tausend Stücke.

Trugbiene

Daß man einen Brief wegwirft, kann tausend Gründe haben, da darf man sich nicht verrückt machen lassen. Vielleicht hat Natalie den Brief ja weggeworfen, weil die Trauerzeit noch nicht vorbei ist. Oder weil es irgend jemand gibt, der ihn nicht sehen soll. Vielleicht ihre Mutter oder ihre Nachbarin oder der Kellner aus dem Bolero, weil er ein Auge auf sie geworfen hat und ihr ein Trost sein will und Natalie Angst hat, daß es einen Ärger gibt. Da kann man verstehen, wenn so ein Brief verschwinden muß. Da muß man gar nicht lange drüber nachdenken. Da ist ja nichts verloren. Ich habe das Pfauenauge auf den Rücken gelegt. Vorsichtig schiebe ich den Riß im Flügel zusammen und tropfe ein bißchen Kleber drauf. Dann verstreiche ich ihn mit einem kleinen Pinselchen. Jetzt muß der Kleber nur noch trocknen, eine Stunde, besser zwei. Im Baumarkt habe ich ein kleines Stück Holz gekauft und dann den roten Samt drumgewickelt. Ich pieke das Pfauenauge mit einer Nadel fest, aber wenn man nicht so genau hinschaut, dann sieht es aus, als ob das Pfauenauge sitzt, der König auf seinem roten Thron. Jetzt kann es jeden Moment losgehen, da darf man nicht länger die Hände in den Taschen haben. Wenn Natalie klopft, bin ich bereit. Ich stehe an der Tür und halte ihr den König hin. Dann setzen wir uns aufs Sofa und lassen ein paar Federgeistchen fliegen, und wie wir da sitzen und einander die Hände halten, da sinken die Federn wie Schneeflocken auf unsere Köpfe herab und bleiben auf unseren Haaren liegen, und Natalie sagt, daß sie gerne den ganzen Sommer und den ganzen Winter mit mir verbringen will, in einer Hütte in den Bergen, sie kennt da was, ganz einsam, wie geschaffen für uns zwei. Und an Silvester, da laden wir Walter zu uns ein, Walter und Doktor Sander und auch die Mitsch, und alle sollen sehen, was für ein Liebespaar wir sind. Hut ab, sagt die Mitsch und Doktor Sander: Was habe ich Ihnen gesagt, Dolf, auf jeden Topf gibt es einen Deckel. Walter klatscht in die Hände, und um Mitternacht lassen wir eine Rakete steigen, so groß und so hell, daß sie die ganzen Berge erleuchtet. Und wie sie vorbei ist, da fliegen tausend Sternschnuppen über den Himmel, und vor lauter nach oben schauen vergessen wir ganz, uns etwas zu wünschen. Aber was soll man sich auch wünschen, wenn doch schon alle Wünsche in Erfüllung gegangen sind. Am nächsten Tag reisen Walter und die anderen ab. Wir winken ihnen nach, wie sie mit dem Auto ins Tal fahren. Dann legen wir uns nebeneinander in den Schnee. Bist du glücklich, frage ich, und Natalie sagt: Ja, ich bin glücklich.

Walter hat meine Kästen in den Schrank geräumt. Er sagt, daß er von dem ganzen toten Zeug schon langsam Ausschlag kriegt. Aber zwischen die Putzeimer hätte er sie deshalb noch lange nicht stellen müssen. Ich weiß nicht, was er mit den Kästen gemacht hat, aber ein paar von den Nadeln sind ganz wackelig geworden. In einem ist eine Trugbiene herausgeflogen, und wie sie da in der Ecke liegt, schwarz und tot und mit der Nadel im Bauch, da sieht sie aus, als ob sie jemand erstochen hat. Ich mache die Kästen auf und bringe alles wieder in Ordnung, nur die Trugbiene werfe ich in den Abfalleimer, weil sie mir auf einmal gar nicht mehr gefällt und weil sie mir so schwarz und tot selbst fast ein bißchen unheimlich ist. Das Pfauenauge sitzt auf seinem Thron in einem eigenen kleinen Kästchen. Das bewahre ich unter dem Sofa auf, damit Walter es nicht zu sehen bekommt.

Beim Abendbrot sagt er, daß er was für mich aufgetan hat. Eins siebzig groß, rote Haare und mächtig Holz. Keine Miss Germany, sagt er, aber für den Anfang nicht übel. Walter rollt sich eine Scheibe Salami auf die Gabel und schiebt sie sich ganz in den Mund. Sie will dich unbedingt kennenlernen, sagt er, ich sag dir, die ist scharf auf dich. Aber ich will niemand kennenlernen, sage ich und merke, wie ich einen ganz trockenen Hals kriege und Kopfweh auch. Walter sticht seine Gabel in eine dicke Gurke und läßt sie dort stecken. Jetzt paß mal auf, Dolf, sagt er, du bist 38, du hast in deinem Leben noch keine Frau angefaßt, jedenfalls keine, die noch gelebt hat, du hast keinen Job und keine Wohnung und du riechst nicht gut, zusammen sind das ziemlich miese Karten, um bei den Frauen was zu werden. Aber du hast Schwein, du hast Riesenschwein, weil du aus Versehen einen Bankräuber gefangen hast, und jetzt bist du ein bißchen berühmt. Und du hast noch größeres Schwein, weil du bei mir ein Dach überm Kopf hast, ohne einen Cent Miete, und ich dir jetzt auch noch kostenlos eine Frau anschleppe, die dich kennenlernen will, und wenn du's nicht ganz vermasselst, liegst du morgen abend mit ihr hier auf dem Sofa und läßt es tüchtig krachen. Und ich sag dir eins,

Dolf, wenn du's morgen abend nicht krachen läßt, dann kracht da nie mehr was bei dir, dann hat sich's ausgekracht, dann steigst du irgendwann als Jungfrau in die Kiste und aus ist.

Am nächsten Abend kommt tatsächlich eine Frau zu Besuch. Walter bringt sie herein und verschwindet gleich wieder. Ihr kommt ja auch ohne mich klar, sagt er und zwinkert der Frau zu. Als Walter weg ist, sagt sie, daß sie Agnes heißt und daß sie im Büro von einer Kerzenfabrik arbeitet und oft sonntags ins Kino geht und am liebsten Hühnchen mit den Fingern ißt und daß sie sieben Jahre verheiratet war und Männer mag, die auch schon mal ein bißchen mutig sind. So wie Sie, sagt sie. Ach, ich weiß nicht, sage ich und klopfe auf die Decke, aber ein Federgeistchen kommt nicht heraus. Oh nein, sagt Agnes, jetzt aber mal nicht den Bescheidenen spielen. Sie steht auf und geht in die Küche, und wie sie wiederkommt, da hat sie eine Flasche Sekt und zwei Gläser dabei. Darauf müssen wir trinken, sagt sie, und schon im nächsten Moment hat sie den Korken an die Decke geschossen, und in den Gläsern schäumt es um die Wette. Brüderschaft, sagt sie und hakt mich ein, und dann trinken wir, wie ich es schon ein paarmal in der Kneipe gesehen habe. Mir wird heiß, weil ich weiß, was als nächstes kommt. *Bitte*, sage ich, und Agnes sagt *Danke*, und dann drückt sie mir ihre Lippen auf den Mund, weich und naß. Jetzt, sagt Agnes, können wir *Du* sagen. Später lehnt sie ihren Kopf an meine Schulter und noch später nimmt sie meine Hand und legt sie auf ihre Brust und schnurrt dabei wie eine Katze. Ich weiß nicht, was das werden soll, ich weiß nur, daß ihre Brust warm ist und groß und meine Hand da nichts zu suchen hat. Was, wenn Natalie jetzt hereinschneit und uns hier so sitzen sieht? Da ist alles aus, bevor es richtig angefangen hat, da ist sie enttäuscht und traurig, und mit dem Trost ist es vorbei, ein Leben lang. Es geht nicht, sage ich zu Agnes und nehme meine Hand weg, und Agnes richtet sich auf und schaut mich an wie die Mitsch, wenn sie eine Wut hat. Heißt das, sagt sie, daß ich hier meine Zeit vergeude? Ich schüttle den Kopf. Es geht nicht, sage ich, ich habe eine andere. Agnes steht auf und stellt sich mit verschränkten Armen vor mich hin. Aber nicht vielleicht diese Fata Morgana, sagt sie, der du nachspionierst und Briefe schreibst und die gar nichts von dir wissen will? Hör auf, sage ich, aber Agnes hört nicht auf. Walter sagt, du hast in die Hose gespritzt, als sie dich umarmt hat, und daß sie das gar nicht so lustig fand, so direkt neben ihrem toten Freund. Agnes läßt den Kopf ein bißchen hin- und herwackeln, und dann fängt sie an, ein Lied zu singen, ein französisches Lied, und das Lied geht über eine Natalie, immer wieder über eine Natalie, aber mehr verstehe ich nicht. Agnes singt lauter und lauter, und wie sie zum hundertsten Mal Natalie singt, da halte ich es nicht mehr aus. Ich springe auf und halte ihr den Mund zu, bis sie das Zappeln anfängt, und wie ich sie irgendwann wieder loslasse, da keucht sie und sagt, daß einer wie ich ja in die Klapse gehört. Dann schnappt sie sich ihre Handtasche und rennt davon. Später, als ich unter meiner Decke liege, da tut es mir ein bißchen leid. Eigentlich ist ja Walter schuld, wo er doch alles ausgeplaudert hat, was einmal ein Geheimnis war, und wer ein Geheimnis ausplaudert, der ist ja auch kein Freund mehr. Als Walter heimkommt, mache ich, als ob ich schon schlafe. Er schaut kurz herein und auf dem Gang gibt es ein Flüstern, aber daß es Agnes ist, glaube ich nicht.

Natalie hat ihre Haare hochgesteckt und trägt ihr Blumenkleid. Wir laufen über die Wiese, und bei jedem Schmetterling sage ich ihr den Namen. Das Fangen habe ich aufgehört, lange schon, es ist ja doch viel schöner, wenn sie um einen herumfliegen. Ein Zitronenfalter setzt sich auf die Nase von

Natalie. Sie macht ein Schielgesicht, und dann muß sie niesen, so laut, daß der Zitronenfalter davonfliegt. Weißt du was, Dolf, sagt sie, wenn der Maik nicht tot wäre, dann wäre das Leben ja nur halb so schön. Sie tanzt im Kreis, und später läßt sie sich vor Freude einfach rückwärts ins Gras fallen. Aber da ist ein Stein, genau da, wo ihr Kopf ist, und wie sie aufschlägt, da knackt es wie eine Nuß. Ach, nur eine Nuß, sagt Natalie. Sie reibt sich den Kopf und setzt sich auf und umklammert ihre Beine mit den Armen. Nix passiert, sagt sie und lacht mich an, aber einen Schrecken habe ich schon. Zu Hause ist ihr ein bißchen schwindlig und das Kopfkissen ist voll mit Blut. Vielleicht, sage ich, sollen wir Doktor Sander holen. Aber nein, ruft Natalie, da mache ich nicht mit. Später holt sie das Pfauenauge unter dem Bett hervor. Sie nimmt es aus seinem Glaskästchen und setzt es sich auf den Bauch. Sieh mal, Dolf, sagt Natalie, wir sind Freunde geworden. Das Pfauenauge bewegt sich nicht. Sie lächelt und streichelt über seine Flügel. Vorsicht, rufe ich, aber Natalie hört mich gar nicht. Guter Schmetterling, sagt sie, hast gar nicht leiden müssen. Sie schaut mich an. Und du, fragt sie, was hast du gemacht? Ich habe Kopfschmerzen, sage ich. Immer noch, fragt sie. Ich nicke. Das hört nicht auf, sage ich, ein Leben lang.

Am Morgen bin ich ganz zerschlagen. Ich habe nicht schlafen können, weil es bei Walter wieder die ganze Nacht gestöhnt hat. Ich glaube, es ist eine andere gewesen als beim letzten Mal. Gequiekt hat sie jedenfalls nicht. Eher schon hat sie ihn angefeuert, wie einen Stierkämpfer oder einen Boxer auf dem Jahrmarkt. Als ich Walter am Morgen auf dem Flur sehe, strahlt er übers ganze Gesicht. In der Hand hält er ein Blumenkleid. Er schnüffelt daran und klopft an die Badezimmertür, und als sie aufgeht, da kommt ein Arm heraus und nimmt das Kleid an sich. Danke, sagt eine Frauenstimme, du bist nett, und wie ich noch überlege, wo ich diesen Satz schon einmal gehört habe, da kommt die Frau auch schon aus dem Badezimmer herausgeflogen. Ihre blonden Haare sind ein bißchen verwühlt, trotzdem ist sie schön, schöner als alles, was es gibt. Mir zieht es das Herz zusammen, so wie es mir noch nie das Herz zusammengezogen hat, und wenn ich mir nur noch eines wünsche, dann das, daß es stehenbleibt, daß es einfach stehenbleibt und nie mehr anfängt zu schlagen. Natalie sieht mich an, vom Kopf bis zu den Zehen. Ich kenne Sie, sagt sie, Sie sind der Mann aus der Zeitung, und ich nicke, weil es ja stimmt, weil ich der Mann aus der Zeitung bin, und an alles andere muß man ja gar nicht mehr denken. Ich höre auf zu atmen, mein Blut fließt nicht mehr. Irgendwo höre ich Walters Stimme, die sagt, daß sich das alles so ergeben hat und daß das mit Natalie und mir ja doch nichts geworden wäre. So, sagt Walter, bleibt's wenigstens in der Familie, und dann lacht er ein bißchen, aber das höre ich schon fast nicht mehr. Ich weiß nicht, wie ich auf die Straße komme, aber irgendwann bin ich draußen, und wie ich an mir runterschaue, da habe ich sogar ein Hemd und eine Hose an, und nur die Schnürsenkel von meinen Schuhen sind auf, aber das ist ja nicht der Rede wert. Die Straßen sind leer, vielleicht ist es noch früh oder Sonntag oder in den Nachrichten hat es einen Alarm gegeben. Ein Wirbelsturm oder eine Überschwemmung oder ein Atomkraftwerk, das in die Luft geflogen ist. Im Café Bolero stellen sie die Stühle raus, geradeso, als ob noch jemand kommen soll. Wahrscheinlich Natalie, später, wenn sie von Walter genug hat. *Danke, du bist nett.* Vielleicht findet sie das Pfauenauge unter dem Sofa. Ich habe mit schwarzem Filzstift *Für Natalie* auf das Glaskästchen geschrieben, da kann sie es ja ruhig mitnehmen, wo es doch sowieso für sie ist. Natalie! Ich fange an, das Lied zu summen, das Agnes gestern abend gesungen hat, aber ich kriege schon gleich Tränen in die Augen, und wie alles um mich herum nur noch ein Nebel ist, da höre ich wieder auf. Irgendwann bin ich am Stadtrand und dann auf den Wiesen, und wie ich mich zwischen die Blumen ins Gras lege, da kommt ein Zitronenfalter angeflogen. Er flattert um mich herum, einmal, zweimal, dann fische ich ihn mit der Hand aus der Luft. Erst zittert er noch in meiner Faust, aber dann wird das Zittern immer weniger, und wie ich meine Hand aufmache, da ist es vorbei.

Feuerwanze

Eine Woche war ich draußen. Geschlafen habe ich auf einer Wiese, dort bin ich immer noch am liebsten. Aber einmal hat es nachts geregnet, und es war ganz kalt, und ich habe gefroren wie ein Hase im Schnee. Jetzt habe ich ein Bett in einem Männerwohnheim, da ist es warm und trocken und sogar ein bißchen bequem. Davor war ich noch einmal bei Walter. Kurz, ganz kurz nur. Immer wieder hat er damit angefangen, daß das mit Natalie nur ein Ausrutscher war, und daß er doch mein Freund ist, und daß das auch nie mehr passiert, nie mehr, solange er lebt. Irgendwann hat er sogar die Hände gefaltet und um Verzeihung gebettelt, und da bin ich einfach gegangen. Mitgenommen habe ich nur das Nötigste, aber wenn man nicht aufpaßt, dann klauen sie einem hier sogar das. Einer hat mir einen Admiral weggenommen und ein anderer einen Zimtbär, und den Rest hat Heinrich, der das Bett neben mir hat, an die Wände gepiekt. Zur Verschönerung, hat er gesagt, und das finden die anderen auch, und manchmal deutet einer mit dem Finger auf einen Schmetterling, und dann nicke ich und sage den Namen. Du kennst dich aus, Professor, sagt Willi, ein Kleiner mit Brille, der vorne schon gar keine Zähne mehr hat und der immer *Kokolores* sagt, wenn ihm etwas nicht paßt. Ach, sage ich und schüttle den Kopf, aber ein Professor bin ich nicht. Kokolores, sagt Willi, für mich bist du ein Schmetterlingsprofessor, und dann lacht er, so eine Freude ist ihm das. Das Pfauenauge trage ich immer bei mir, nicht, daß mir das auch noch wegkommt. Sogar wenn ich zum Duschen gehe, ist es mit dabei. Damit das Pfauenauge nicht naß wird, stelle ich es ein Stück weg aufs Fensterbrett und lasse es nach draußen schauen. Da sieht es den Himmel und sogar ein Stückchen Wiese und einen Baum, und da fangen ihm vor lauter Freude schon ein bißchen die Flügel an zu zittern. Die anderen im Wohnheim sagen Igel zu mir, weil mir nach dem Duschen immer die Haare in den Himmel stehen, aber das ist nur, weil ich bei Walter meinen Kamm hab liegenlassen. Aber noch mal hingehen und holen tu ich nicht, und so einen Spitznamen kriegt man ja sowieso nicht mehr los. Nach einer Weile fallen mir auch ein paar Spitznamen ein: Die Mitsch nenne ich *Motsch* und Walter *Pottwal* und

Doktor Sander *Doktolores*, und nur Natalie heißt immer noch Natalie, weil wenn man eine Sehnsucht hat, dann macht man keine Witze. Willi sagt, ich bin ein trauriger Igel, trauriger noch als er. Quatsch, sage ich, ich bin ein Spaßvogel, und dann spiele ich mit meinem Netz Bankräuber fangen, und alle lachen, so lustig ist das. Nur Heinrich sagt, als wir später im Dunkeln nebeneinander in unseren Betten liegen, daß ich lieber damit aufhören soll, weil es sonst mit der Achtung irgendwann einmal den Berg runtergeht. Trotzdem spiele ich am nächsten Abend wieder und dann noch einmal und noch einmal, und erst als schon gar keiner mehr zusieht und Heinrich mitten in der Vorstellung aufsteht und mich am Arm packt und von der Bühne zieht, da hat die Sache endlich ein Ende.

Am Nachmittag sitze ich am Waldrand unter einem Baum. Überall um mich herum krabbeln Feuerwanzen durch die Gegend. Den Baumstamm hoch und wieder runter und drum herum und zwei rennen schon mein Hosenbein entlang, aber wie sie an meinem Knie sind, da schnippe ich sie herunter. Sie hängen mit ihren Hinterleibern aneinander und paaren sich und wissen nicht wohin. Mal rennen sie nach rechts, dann wieder nach links, oder sie drehen sich im Kreis. Vielleicht macht es ihnen so mehr Spaß, aber recht vorstellen kann ich mir das nicht. Irgendwann mag ich das alles gar nicht mehr sehen. Ich nehme einen Stein und schlage sie tot. Eine Feuerwanze nach der anderen schlage ich tot. Es geht ganz einfach, ein einziger Schlag, und sie zappeln nicht mehr. Sie knacken, wenn der Stein ihnen in den Rücken fährt, und wenn eine doch noch ein bißchen zappelt, dann gibt es einen zweiten Schlag und noch einen, und dann ist eine Ruh. Aber egal, wie viele ich auch erwische, es kommen immer neue an, vier neue für zwei tote, immer mehr werden das, immer mehr, da kann man gar nichts machen. Und wie sie mir schon in die Ärmel kriechen, da springe ich auf und schüttle mich wie ein nasser Hund. Aber alle werde ich nicht los, und am Abend, da krabbeln sogar zwei auf meinem Bett, und wie sie gerade über die Bettkante verschwinden wollen, packe ich mir die beiden und zerquetsche sie zwischen meinen Fingern, und da stinkt es zum Gotterbarmen. Das ist ja widerlich, sagt Heinrich, und Willi ruft *Kokolores*, und irgendwann ist es dem ganzen Saal eklig. Der Igel, sagt einer, schläft heute draußen. Ein Witz, denke ich und lache vorsichtshalber ein bißchen, aber plötzlich stehen vier Männer an meinem Bett und tragen mich auf meiner Matratze raus auf den

Hof. Hier kannst dich ausstinken, sagt ein Großer, der im Saal gleich das erste Bett an der Tür hat. Dann lassen sie mich mitten im Hof fallen. Es tut nicht weh, gar nicht weh, aber schön ist so was trotzdem nicht. Als sie weg sind, schaue ich, ob dem Pfauenauge auch nichts passiert ist. Ich hebe es ins Licht der Hoflaterne, und da sehe ich, daß es schon wieder den Flügel hängen läßt. Ihr Sauhunde, rufe ich, ihr verdammten Sauhunde. Ich springe auf und laufe barfuß über die Platten, und wie ich an der Tür bin, da hämmere ich dagegen, daß es im ganzen Hof einen Riesenlärm macht. Erst passiert nichts, aber als ich wieder und wieder hämmere, da hämmert meine Faust auf einmal in die Luft und der Große steht vor mir, und noch bevor ich ihm den abgeknickten Flügel von meinem Pfauenauge zeigen kann, habe ich schon einen auf der Nase. Für deine Brüllerei, sagt er, und wenn du keine Ruhe gibst, dann gibt es was in die Eier. Meine Nase blutet, und als mich der Große fragt, ob ich verstanden habe, da überlege ich nicht lange und sage: Ja, verstanden. Na also, sagt er, und dann macht er die Tür wieder zu, und wie ich noch da stehe und mir die Nase halte, da geht das Hoflicht aus, und bis ich endlich in der Dunkelheit meine Matratze wiedergefunden habe, habe ich Füße wie Eis.

Natalie liegt zu Hause in ihrem Bett. Sie hat einen tiefen Schlaf, einen sehr tiefen Schlaf, geradeso, als ob ihr jemand eine Betäubung unter die Nase gehalten hat. Fünf Tropfen, besser zehn, damit sie nicht auf einmal aus dem Schlaf hochschreckt und das Schreien anfängt. Das muß ja nicht sein, da muß man auf Nummer Sicher gehen, da kann man ruhig auch mal zwanzig Tropfen nehmen. Es geht schnell, ganz schnell, ein paar Sekunden, mehr nicht, dann hat die Zappelei ein Ende. Natalie lächelt. So eine Betäubung ist ja wie ein guter Schlaf, da läßt es sich schon zufrieden sein. Und wie sie so in meinen Armen liegt, da fahre ich mit dem Finger ihre Lippen entlang, erst die obere, dann die untere, und wie ich angekommen bin, wo ich angefangen habe, da lächle ich schon auch ein bißchen. Später ziehe ich ihr ein bißchen den Pullover nach oben, damit ich ihren Bauch sehen kann und vielleicht noch ein bißchen mehr. Dann streichle ich sie, sanft, ganz sanft, damit sie mir nicht aufwacht, und ihre Haut ist noch weicher, wie ich es mir in meinen Träumen geträumt habe. Ich lege mich neben sie und ziehe mein Hemd ein bißchen nach oben, und dann nehme ich ihre Hand, und ihre Hand fährt über meinen Bauch und streichelt ihn, sanft, ganz sanft. Zwanzig Tropfen, vielleicht dreißig, man kann nie wissen. Die Flasche habe ich in meiner Tasche, bei den anderen Sachen. Vorne drauf ist ein Totenkopf, wahrscheinlich hat sie deshalb noch keiner geklaut. Am Morgen gehe ich in den Schlafsaal und hole sie mir. Der Große liegt in seinem Bett an der Tür, aber er schaut gar nicht zu mir hin. Was mußt du dich auch mit ihm anlegen, zischt Willi, und wie ich die Flasche in meiner Tasche gefunden habe und ihm vor die Nase halte, da kriegt er ganz große Augen und zittert eine bißchen. Was hast du vor, flüstert er. Ich gehe eine Frau betäuben, flüstere ich zurück und schlüpfe in meine Schuhe. Willi schüttelt den Kopf. Die Augen hinter seiner Brille sind noch größer geworden, und irgendwie sieht er ganz aufgeregt aus. So steht er da und schaut mich an, und dann fängt er auf einmal leise an zu lachen. Er lacht und boxt mir mit der Faust ein paarmal gegen den Arm. Das ist gut, sagt Willi, das ist wirklich gut. Er hat ein paar Tränen in den Augen, aber das ist nur, weil er so eine Freude hat.

Die ganze Stadt ist voller Schmetterlinge. Die Luft ist bunt wie schon lange nicht mehr, und weil es so viele sind, machen sie mit ihren Flügeln einen richtigen Wind. Es pfeift mir um die Ohren, und einem alten Mann mit einer Plastiktüte weht es schon den Hut vom Kopf. Meine Nase hat eine Kruste. So wie ein Knie, wenn es einen mit dem Fahrrad auf die Straße haut. Ich sehe mich im Spiegel in einem Schaufenster von einer Apotheke. *Sind Sie das?* steht auf dem Spiegel geschrieben, und ich nicke und hole das Pfauenauge hervor und sage *Der König* und winke, so wie ein König winkt, wenn er in seiner Kutsche sitzt oder in seinem Garten, und hinter der Hecke läuft gerade sein Volk vorbei. *Inachis io*. Für Natalie habe ich sogar den lateinischen Namen auswendig gelernt. Das wird ihr gefallen. Weil die Schmetterlinge soviel Wind machen, haben sie im Bolero die Stühle reingestellt. Wer läßt sich schon gerne beim Kaffeetrinken den Wind um die Ohren pfeifen und was, wenn es dazu noch einen von den Schmetterlingen vom Himmel haut und rein in die Kaffeetasse, kopfüber und auf der Stelle tot. Ich setze mich an die Theke und bestelle einen Mandarinenkuchen, und wie es einen Mandarinenkuchen nicht gibt, da nehme ich ein Stück Erdbeer. Erdbeer haben wir auch nicht, sagt der Kellner und wird schon ganz ungeduldig, und als er anfängt aufzuzählen, was es gibt, da nehme ich eine Cola. Aber mit Schuß, sage ich, und der Kellner nickt, und als er mir meine Cola bringt, da trinke ich sie in einem Zug aus. Noch eine, sage ich, und dann noch eine und noch eine, und wie ich später aus dem Bolero wieder rausgehe, da bläst mich der Wind fast von den Beinen. Dreck wirbelt durch die Luft und in meine Augen, aber sehen tue ich trotzdem alles ganz genau: Eine runde Frau, die ihr Kind an sich drückt, daß es nicht wegfliegt, ein Feuerwehrauto ohne Sirene, zwei junge Männer, die ihre Jacken wie Flügel ausbreiten, einen Hund mit einem zerzausten Fell und einen Opa mit Sonnenbrille. Nur Natalie sehe ich nicht, nicht drinnen und nicht draußen. Aber was soll sie auch raus in den Sturm gehen, wo sie zu Hause so schön schläft. Und wenn es später ein Klingeln gibt, da wäre es doch schade, wenn daraus nichts wird. Vielleicht hat der Besuch sogar ein Geschenk mitgebracht, ein sehr schönes Geschenk, viel zu schön, als daß man es einfach so vor die Tür legen kann. Das kann man einem König ja gar nicht antun, da liegt er auf dem Fußabtreter, und alle machen sich über ihn lustig. Nein, nein, da bleibt Natalie schön zu Hause und liegt auf ihrem Sofa und trinkt eine Cola mit Schuß und noch eine und wartet, daß es klingelt. Sie hat ihr Blumenkleid an, wenn Besuch kommt, hat sie ihr Blumenkleid an, besonders, wenn der König kommt, *inachis io*, was man einmal gelernt hat, vergißt man so schnell nicht mehr. Und kaum hat sie den König gesehen, da hat sie auch schon eine Betäubung unter der Nase, eins-zwei-drei, so schnell kann das gehen, zwanzig Tropfen, vielleicht auch dreißig, aber wer will mit zitternden Händen denn überhaupt noch so genau zählen. Ich schwitze. Im Gesicht, an den Händen, an meinem Bauch. Aber wer will mir da einen Vorwurf machen. Ich bin kein Idiot, wer das sagt, lügt. Der Schweiß läuft mir in die Augen, daß ich blinzeln muß. Die Tür zum Treppenhaus steht offen. Ich klammere mich an mein Taschentuch in der Hosentasche. Fünf Stufen nur, dann stehe ich vor ihrer Tür. Der König läßt den Flügel hängen, immer noch, aber das ist nicht meine Schuld. Ich flüstere. In Schönschrift. *Ich möchte Ihnen das Schönste schenken, was ich habe.* Dann drücke ich auf den Klingelknopf.

Natalie lächelt. Sie liegt auf dem Rücken und lächelt. Ich knie neben ihr. Sie schläft. Sie hat mich erkannt, sofort erkannt. Ich habe es an ihren Augen gesehen. Geleuchtet haben die, geleuchtet. Dann haben sie einen Schrecken gekriegt. Kurz, ganz kurz nur, und dann war der Schrecken auch schon wieder vorbei. Ich habe Natalie ein Kissen unter den Kopf gelegt. So hat sie es ein bißchen gemütlich. Sie hat einen Pulli und eine graue Trainingshose an. Vielleicht ist das Blumenkleid in der Wäscherei, oder es hat ein Loch, oder sie hat mich erst später erwartet. Aber was macht das schon. Ich schenke ihr das Pfauenauge. Ich nehme es auf seinem Thron aus dem Glaskästchen und lege es in ihre Hand. Ganz vorsichtig lege ich es in ihre Hand und rutsche auf den Knien zurück zur Wand. *Inachis io*, sage ich, für Sie. Dann mache ich eine kleine Verbeugung. Vor ihr und vor dem König. Alles ist ganz friedlich. Natalie hat nicht geschrien. Ein bißchen gewehrt vielleicht, das schon, aber das war der Schrecken, da muß man nicht lange drüber böse sein. Ein paar Kratzer im Gesicht und an den Händen, was macht das schon. Hauptsache, Natalie hat nichts abbekommen, und so ein paar Tropfen, die machen ja nur ein bißchen müde. Da schläft man und träumt und alles ist gut. Langsam, ganz langsam rücke ich näher zu ihr hin. Ich kann sie riechen. Meine Hand zittert, wie ich sie nach ihrem Gesicht ausstrecke. Ganz vorsichtig, daß sie nicht noch einmal einen Schrecken bekommt. Ich höre mein Herz schlagen. Laut, viel zu laut. Laut wie eine Trommel im Urwald. Aber Natalie lächelt weiter. Meine Fingerspitzen berühren schon fast ihre Lippen, da ist mir auf einmal, als ob noch etwas fehlt. Ein bißchen eine Stimmung, denke ich und stehe auf. Natalie hat eine schöne Wohnung, schön und groß, mit roten Sofas und Blumen auf dem Tisch und an den Wänden Bilder und im Schlafzimmer sogar ein Balkon. In der Küche steht ein Radio. Ich drehe so lange an den Rädchen, bis ein paar Geigen spielen. Dann singt ein Mann von einer Frau und eine Frau von einem Mann und daß sie glücklich sind ein Leben lang. Im Wohnzimmer finde ich ein paar Kerzen. Für Natalie. Ich stelle sie um ihren Kopf und zünde sie an. Und wie sie so daliegt und ich sie anschaue und ich glücklich bin, noch glücklicher wie der Mann aus dem Radio, da klingelt es an der Tür. Mein Herz bleibt stehen. Ich bin tot, auf der Stelle tot. Aber an der Tür klingelt es weiter, immer weiter. Wenn nur Natalie nicht aufwacht. Ich drücke mich gegen die Wand und kneife meine Augen zusammen, aber das Klingeln hört nicht auf. Ich weiß, daß du da drin bist, sagt eine Männerstimme. Dann ist es ruhig. Nur noch ein Schnaufen durch die Tür. Ich schaue zu Natalie. Sie lächelt. Noch immer. Sie ist glücklich. So wie ich, für eine Sekunde. Der Mann schlägt gegen die Tür. Ich stehe auf. Ich gehe ins Schlafzimmer.

Ich öffne die Balkontür. Der Wind weht mir ins Gesicht. Die Schmetterlinge sind verschwunden. Hinter mir klingelt es. Und klopft. Und ruft. Aber das höre ich schon fast nicht mehr.

Totengräber

Ich sitze unter einer Brücke. Den Kopf auf den Knien. Über mir donnern die Autos. Sie rasen durch meinen Kopf. Ich halte mir die Ohren zu. So gut es geht, halte ich mir die Ohren zu. Natalie ist tot. Es hat in der Zeitung gestanden. Natalie B., Kosmetikberaterin, 27 Jahre, tot. Tot und *sonderbar*, immer wieder *sonderbar*. Um ihren Kopf herum Kerzen. In ihrer Hand ein Schmetterling. *Sonderbar*. Die Tür eingetreten. *Sonderbar*. Jeder Tod, sagt Doktor Sander, ist ein Rätsel. Zwanzig Tropfen, vielleicht dreißig, wenn mich der Staatsanwalt fragt, kann ich ihm noch nicht einmal das sagen. Kommen Sie, Sie müssen sich doch erinnern! Ich schüttle den Kopf. Ich weiß es nicht. Ich halte mir die Ohren zu. Die Autos donnern über die Brücke. Raus aus der Stadt, weg von hier, nur weg von hier. Mein Name ist Dolf. Ich bin kein Idiot. Ich kann schreiben. Ich bin der Gehilfe von Doktor Sander. War, war der Gehilfe. Ich habe seine Kinder erschreckt. Hinter der Hecke, aber das war ein Versehen, nur ein Versehen. Zwanzig Tropfen, höchstens dreißig, nicht mehr. So ein Vergiftungstod ist keine schöne Sache. Eine Qual ist das. Das kann Stunden gehen, und dann ist es noch immer nicht richtig vorbei. Ein Versehen, nur ein Versehen. Ich habe geklingelt. Ich habe keine Tür eingetreten. Ich habe geklingelt, und Natalie hat mich hereingelassen. Sie hat gelächelt, so hat sie sich gefreut. Der kleine Doktor, endlich, endlich ist er da. Sie hat mich gleich erkannt. Zwanzig Tropfen, vielleicht dreißig. Eine Betäubung, nur eine Betäubung. Ich habe einen Bankräuber gefangen. Mit meinem Schmetterlingsnetz. Daran muß sich doch noch jemand erinnern. Es hat in der Zeitung gestanden. Groß, ganz groß. Natalie hat gelächelt. Noch als ich gegangen bin, hat sie gelächelt. Ich summe unser Lied. *Natalie*, immer wieder *Natalie*. Wenn ich Agnes wiedersehe, muß sie mir die anderen Wörter beibringen. Die dazwischen, die auf französisch. Aber davor stecken sie mich ins Gefängnis. Da hat keiner eine Gnade und ein Erbarmen gleich zweimal nicht. Da heißt es *Dolf vortreten zum Totschlagen*, und dann trete ich vor, und dann schlagen sie mich tot. Und wenn dann meine Beerdigung ist, da kommen die Eltern von Natalie und ihre Geschwister und ihre Freunde, und alle spucken sie auf meinen Sarg, weil ich ihnen das Liebste genommen habe, was sie in ihrem Leben hatten. Und wie sie alle gespuckt haben, da drehen sie sich um und gehen davon, in einer Reihe gehen sie davon, und auch ich spucke auf meinen Sarg, weil auch ich mir das Liebste genommen habe, was ich in meinem Leben hatte. Auf jeden Topf gibt es einen Deckel, sagt der Pfarrer, und dann schrauben die Totengräber den Sarg zu, und ab geht es in die Grube. So ist das. Da muß man nicht jammern. Da muß man verstehen. Das ist der Lauf der Welt.

Es ist dunkel. Es gibt keine Sterne, und einen Mond gibt es auch nicht. Ich habe geschlafen, lange geschlafen. Zwanzig Tropfen, vielleicht dreißig. Da schläft man wie ein Bär im Winter. Da sieht man aus wie tot. Doktor Sander sagt, daß ihm in zwanzig Jahren noch keiner wieder aufgewacht ist. Tot ist tot, da gibt es keine Wunder, da schlägt kein Herz mehr, und ohne ein Herz, da ist es auch mit dem Träumen vorbei, und wenn es mit dem Träumen vorbei ist, dann kann man nur noch hoffen, daß es vielleicht doch einen Himmel gibt. Aber was, wenn es den Himmel nicht gibt und nur ein schwarzes Loch, in das man hineinfällt und fällt und fällt, ein Leben lang? Ich möchte sie sehen. Ich möchte Natalie sehen. Ich taste in meiner Hosentasche nach dem Schlüssel. Er ist da, kalt und mit scharfen Zacken. Ein Glück, daß ich ihn nicht zurückgegeben habe. Ich muß mich beeilen. Wenn Doktor Sander erst einmal losschneidet, dann ist ja nichts mehr an seinem Platz, und Natalie hat einen Reißverschluß vom Hals bis über den Bauchnabel. Dann ist alles zerstört, und mit dem Streicheln ist es vorbei. Ich muß mich beeilen. Ich muß los. Ich darf keine Zeit verlieren. Wenn erst einmal Morgen ist, dann dauert es nicht lange, und Doktor Sander kommt zur Tür hereingeschneit. Ich renne. Im Osten gibt es schon ein bißchen Licht am Himmel. Nicht viel, aber genug, daß man weiß, daß der Morgen nicht mehr weit ist. Mir brennt der Hals und meine Augen haben Tränen, aber ich höre nicht auf zu rennen. Vielleicht kann ich Natalie mitnehmen. Ich nehme sie auf den Arm, und dann trage ich sie hinaus auf die Wiesen. Vorsichtig, ganz vorsichtig. Ein Toter ist zerbrechlich wie ein Mensch. Auf der Wiese grabe ich Natalie ein Grab und lege sie hinein. Da kann sie schlafen, ohne daß sie jemand stört, ohne daß ihr ein Doktor Sander den Bauch aufschneidet. Und über ihr nichts als Gras und Blumen, ein Leben lang.

Ich zittere. Ich zittere, wie ich in meinem ganzen Leben noch nie gezittert habe. Der Schlüssel hat gepaßt. Doktor Sander hat das Schloß nicht ausgewechselt. Wahrscheinlich denkt er, daß ich eh nicht wiederkomme. Wer will denn schon freiwillig seine Zeit mit den Toten verbringen. Es ist dunkel, aber ein bißchen Morgen fällt schon durch die Fenster. Genug, daß man die Tische sehen kann und vor allem den einen, den, der mit einem Tuch alles unter sich begräbt. Ich bleibe stehen. Ich bleibe an der Tür stehen und schaue zu ihr hin. Ich bewege mich keinen Zentimeter. Ich kann sie erkennen, auch mit dem Tuch kann ich sie erkennen. Ich habe viele liegen sehen. Über hundert. Über tausend. Da kriegt man eine Gewohnheit, bei so vielen Toten kriegt man eine Gewohnheit. Über tausend, aber Natalie erkenne ich sofort. Weich, ganz weich liegt das Tuch über ihrem Körper. Ich sehe ihre Stirn, ihre Nase, ihre Brüste, ihren Bauch, ihre Füße. Vor allem ihre Füße. Ihre Füße schauen unten aus dem Tuch heraus, geradeso, als ob sie nicht auch ein bißchen warm gebrauchen könnten. Ich lehne mit dem Rücken gegen die Kacheln neben der Tür. Zwanzig Tropfen, vielleicht dreißig. Aber davon muß man doch nicht gleich sterben. Das muß man einem doch nicht antun. Da kann man doch auch genausogut ein paar Stunden schlafen, ganz friedlich schlafen, und dann steht man auf und gähnt und streckt die Glieder, und alles fängt noch mal von neuem an. Ich rutsche mit dem Rücken die Wand herunter, bis ich auf dem Boden sitze. Er ist kalt, kalt wie die Wand, kalt wie die Nacht, kalt wie Natalie. Man muß die Frauen schmieden, solange sie noch warm sind. Vielleicht hat Walter recht, man darf keine Zeit verlieren. Ich schaue zum Tisch. Über tausend. Da kriegt man eine Gewohnheit. Ein Zettel an ihrem Fußzeh. Ich kann ihn nicht lesen. Es ist zu weit. Es ist zu dunkel. Viel zu dunkel. Nichts ist, wie es ist.

Ich kann sie riechen. Ich kann Natalie riechen. Ganz deutlich kann ich sie riechen. Unter allen Toten kann ich sie riechen. *Sie sind nett.* Was man einmal gerochen hat, vergißt man nicht mehr. Ich schiebe mich über den Boden zu ihr hin, immer näher zu ihr hin. Vielleicht ist Natalie gar nicht tot. So wie sie riecht, ist sie gar nicht tot. Sie duftet. Nach einem Parfüm, nach einer Blumenwiese. Wahrscheinlich hat sie ihr Blumenkleid an. Nur für mich, für den kleinen Doktor. Und wenn ich das Tuch zur Seite ziehe, da lächelt sie mich an und setzt sich auf und schlägt mir die Arme um den

Hals und flüstert *Überraschung* und beißt mich ein bißchen in mein Ohr, damit ich weiß, daß ich nicht träume. Und wenn Doktor Sander sagt, daß ihm in zwanzig Jahren noch keiner wieder aufgewacht ist, dann heißt das ja nicht, daß so etwas nicht auch einmal passieren kann. Zwanzig Tropfen, vielleicht dreißig, eine Betäubung, nur eine Betäubung, und an etwas anderes muß man schon gar nicht mehr denken. Ich stehe auf. Ich zittere. Ich friere noch immer. Natalie. Ich sehe, wie sich das Tuch über ihrem Bauch auf und ab bewegt. Ganz wenig nur, aber genug, daß ich es sehen kann. Sie atmet, Natalie atmet. Leise, ganz leise gehe ich einmal um den Tisch herum. Ich lasse sie nicht aus den Augen, keine Sekunde mehr lasse ich sie aus den Augen, jetzt, wo ich sie doch wiedergefunden habe. Ich fasse nach dem Tuch, dort wo ihr Kopf liegt. Ich schließe die Augen. Dann ziehe ich das Tuch zurück. Vorsichtig, ganz vorsichtig ziehe ich es zurück. Ich zähle bis drei. Langsam, so langsam, wie man überhaupt zählen kann. Und wie ich bei drei bin, zähle ich bis vier, und wie ich bei vier bin, zähle ich bis fünf, und erst wie ich bei zehn bin, mache ich die Augen auf. Vorsichtig, ganz vorsichtig. Da liegt sie, Natalie, in ein bißchen Morgenlicht, und mit einem Schlag, von einer Sekunde auf die andere, da hört das Zittern auf, weil dort, wo der Schrecken grenzenlos ist, da ist nicht einmal mehr Platz für ein Zittern.

Ich bin zu spät. Alles ist zu spät. Doktor Sander hat seine Arbeit längst getan. Der Reißverschluß geht vom Hals bis zu den Haaren zwischen ihren Beinen. Er hat Natalie von oben bis unten aufgeschnitten und alles aus ihr herausgeholt. Herausgeholt und wieder hineingesteckt. *27 Jahre, Dolf, stellen Sie sich das einmal vor. Da hat man doch noch gar nicht gelebt.* Natalie lächelt. Noch immer. Und das, obwohl Doktor Sander auch ihr Gehirn herausgeholt hat. Das hat er ganz bestimmt nicht vergessen, und jetzt steckt es in ihrem Bauch und im Kopf ein Stück Papier. Meine Augen kriegen Tränen, und wie sie auf ihr Gesicht tropfen, da sieht es aus, wie wenn auch Natalie Tränen hat. Sie weint. Um mich, um den kleinen Doktor, um das, was es fast einmal gegeben hat. Ich strecke meine Hände aus, über ihren Bauch, über ihre Brüste, über die Haare zwischen ihren Beinen. Ich möchte sie berühren, ihren Bauch, ihre Brüste, ihre Beine, aber meine Augen sehen nur den Reißverschluß, der ihren Bauch zerreißt, mittendurch, mitten entzwei, und nichts, gar nichts, was daraus wieder einen Menschen macht.

Ich habe mich neben Natalie gelegt. Ich habe mich ausgezogen und neben Natalie auf den Tisch gelegt. Wie Mann und Frau liegen wir. Wir haben die Nacht miteinander verbracht, und jetzt warten wir auf den Morgen. Ich fasse sie bei der Hand. Unsere Arme schmiegen sich aneinander. Wir liegen auf dem Rücken und schauen gemeinsam in den Himmel. Ein paar Sterne hat die Dämmerung übriggelassen. Nicht viele, nur die ganz hellen leuchten noch. Minuten, dann ist es auch damit vorbei.